Von Schneeflocken und Zahnstochern
oder
Österreich macht frei

Unter dem Deckmantel einer neuen innovativen Integration, die sich verkürzte Asylverfahren und rasche Eingliederung der Immigranten zum Ziel setzt und dadurch im In- und Ausland große Bewunderung findet, wird in Österreich im Verborgenen eine brutale Abschiebungspolitik betrieben. Durch hartnäckige Nachforschungen kommen der Journalist Alfred H. und über Umwege auch sein bester Freund, der Arzt Gustav G., hinter diese düsteren Machenschaften, wobei sie sich letztendlich zu weit in diese Geschichte vorwagen...

Peter Golmayer, 1976 in Salzburg geboren, studierte Medizin in Graz. Er lebt mit Ehefrau und zwei Kindern in Wolfsegg am Hausruck, Oberösterreich. Neben einigen Gedichten als junger Student ist diese Erzählung, nach über fünfzehnjähriger Schreibpause, das Ergebnis einer vergessenen Leidenschaft.

Peter Golmayer

Von Schneeflocken und Zahnstochern
oder
Österreich macht frei

Roman

Bibliografische Information der Deutschen Nationalbibliothek:
Die Deutsche Nationalbibliothek verzeichnet diese Publikation in
der Deutschen Nationalbibliografie; detaillierte bibliografische
Daten sind im Internet über http://dnb.dnb.de abrufbar.
© 2013 Peter Golmayer
Weitere Mitwirkende: Priewasser Maria
Herstellung und Verlag: BoD – Books on Demand, Norderstedt

ISBN: 978-3-732-23866-8

Für Klara

- blass -

Blass schimmert der letzte Hauch von Wärme,
erbleicht der Welten Antlitz mich erfasst,
zu hoffen nur bleibt, dass ich erlerne,
zu tragen dieser Bürde Last.

Blass schimmert der letzte Hauch von Wärme,
und drohend schon die Kälte lacht,
doch dennoch wage ich´s und schwärme
von bald vergangener Lebenspracht.

Blass schimmert der letzte Hauch von Wärme,
vergessen erscheint der Sonne Pflicht,
doch scheinbar noch in größter Ferne
regt sich in mir schon neues Licht,
das hoffend mich alleine lässt.

I

Gustav G. saß eingepfercht in einem klapprigen Waggon zwischen dutzenden von Menschen, die dasselbe Schicksal ereilen sollte wie ihn selbst während er unbemerkt vom Strahl eines roten Riesen berührt wurde, der in unermesslicher Ferne nach und nach sein Licht aushauchte, um zu einem weißen Zwergstern zu verkommen. Zwischen dem wenig verbliebenen Stroh, das einen Hinweis auf die frühere Verwendung dieses Waggons erahnen ließ, lag neben ihm am Boden ein Zahnstocher. Völlig deplatziert, ein Zahnstocher erschien ihm hier völlig deplatziert.

Seit etwa zwanzig Minuten schleppte sich der Zug mit seinen ehemaligen Viehwaggons unter der erdrückenden Last seiner Insassen voran. Gustav umklammerte mit seinen Händen die Gitterstäbe, die als Fensterersatz jeweils eine Querseite der Waggons zur Hälfte beflankten. Die Haut an seinen Fingerkuppen war trocken und spröde. Die Landschaft vor seinem Gesicht zog vorbei wie ein verschwommenes grünbraunes Tuch. Er hätte sich gerne in Seide gehüllt, sich und alle Mitreisenden. Eine zarte Schutzschicht, die sie sanft umhüllen sollte. Er hatte keine Ahnung von Seide. Er stellte sich ein wunderbares Gefühl auf seiner Haut vor, zärtliche Frauenhände, die schwebend über seinen Körper streiften, um jegliche Gefahr zu bannen.

Zwischen den Gitterstäben schob sich ein breites sonnendurchflutetes Band hindurch. Ein Bild aus seiner Kindheit tauchte auf und ein kurzes Lächeln drängte sich in sein Gesicht:

Als kleiner Junge saß er in einem Zimmer. Das Zimmer wurde durch den Sonneneinfall in zwei keilförmige Hälften geteilt – einen Sonnenkeil und einen Schattenkeil. Seine kindliche Hand streifte über den Teppich. Feinste Staubpartikel wirbelten hoch und begannen im Sonnenkeil zu schweben. Sofort eilten ihm damals die letzten Sachunterrichtsstunden über den Aufbau der kleinsten Materieteilchen durch den Kopf. Der bedrohliche Blick der Lehrerin durch die viel zu dicken Brillengläser kam ihm in den Sinn. Ihre rougefarbenen Wangen und die knallroten Lippen. Er lief zu seiner Mutter und verkündete:

„Mama, ich kann Moleküle sehen."

Dass es sich dabei lediglich um Staub handeln sollte, ließ ihn erstmals an der Intelligenz seiner Mutter zweifeln.

Er spürte das sonnenwarme Metall der Gitterstäbe unter seinen Händen. Durch Korrosion und Rost war es brüchig geworden und blätterte in der Abendsonne wie silberrote Schneeflocken zu Boden. So bekam auch der Zahnstocher Gesellschaft. Es hatte ein wenig abgekühlt und auch der Fahrtwind tat gut. Das Warten in der glühenden Nachmittagssonne, stellte vor der Abfahrt, bereits eine erste große Herausforderung an die *Reisenden* dar. Der schwere Atem, die brennenden Füße, das Spannen der Sehnen.

„Rückt halt ein wenig zusammen, macht es euch gemütlich", verhallte das höhnische Johlen eines Graumantels in Gustavs Erinnerung. Eine angenehm kühle Brise strich über ihre Gesichter. Der deutliche Geruch von Schweiß war darin wahrzunehmen. Nicht dieser vertraute, von fleißiger Arbeit herrührende, Schweiß, der unangenehme und zum Teil penetrant stechende Sensationen in dem dafür vorgesehenen Sinnesorgan hervorrufen konnte – nein, es war eine Note von Schweiß, die von einer Reise in eine unbekannte Zukunft erzählte. Einer Zukunft, an die noch keiner der so bunt zusammen gewürfelten Insassen je zuvor auch nur einen Gedanken vergeuden wollte. Es war die Angst, die in der Luft lag, mit einer deftigen Priese Ungewissheit. Diese Mischung brachte nicht nur die Lokomotive, sondern auch die *Fahrgäste* zum Keuchen. Doch eigentlich war es der Geruch des nahen Todes, der sich in unerbittlicher Intensität ausbreitete.

Beständig ging die Fahrt voran. Das stetige Rattern der Räder auf den Schienen erweckte in seiner monotonen Gleichmäßigkeit, einen Hauch von Vertrautheit. Die blinzelnden Strahlen der Abendsonne rekelten sich nur noch gelegentlich hinter den vorüber ziehenden Hügeln und den mit Wehmut geschwängerten Wolken hervor. Eine sanfte Schwere legte sich auf die *Reisenden* und hie und da machte sich ein Funken Hoffnung auf den Weg, den Hügeln entgegen, um den Strahlen der Sonne eine Nuance an Impedanzschwankung zu verleihen. Die Nadel im

Heuhaufen – gut, dachte Gustav, aber ein Zahnstocher im Stroh? Wenn es wenigstens ein passendes Sprichwort dafür gäbe. Die meisten Mitfahrenden hatten sich bereits erschöpft einen Schlafplatz im engen Waggon gesichert. Ihre Beine lagen durcheinander wie ein Mikado Spiel. Die Dämmerung verlor sich in der drängenden Nacht zu kleinen grauen Schatten. Der Mond umhüllte sich mit Sorgenfalten. Behäbig setzte sich nun auch der sonst so wendige und galante Gustav, in der unvertrauten Nähe so vieler fremder Körper, zu Boden. Er zupfte seine völlig verknitterte Hose zu Recht, neigte seinen Oberkörper zur Seite und folgte nach wenigen Minuten wirrer Gedanken dem dumpfen Sog der Erschöpfung in einen traurigen Schlaf.

Ein kurzer Stich ließ ihn diesen schmerzhaft unterbrechen. Zögerlich glitt er mit seiner rechten Hand die verknitterte Hose abwärts über den Unterschenkel bis zum Fuß. Dort zog er sich einen schmalen, spitzen Gegenstand aus der Sohle, streckte seine Hand hoch zu den Gitterstäben, und warf das kleine Hölzchen aus dem fahrenden Zug.

„Verdammter Zahnstocher", fluchte er vor sich hin, bevor er, vom orange getränkten Mond eine behütete Nacht vorgegaukelt, wieder in seichten Schlaf fiel.

„Österreich macht frei, Österreich macht frei", hörte man ihn noch murmeln, und das Stroh am Boden des Waggons verlor in der Tiefe der Nacht vibrierend an Wärme. Der Mond legte seine Sorgenfalten ab und hüllte sich in ein dichtes Grau.

Gustav wusste nicht, wie lange die Fahrt bereits gedauert hatte, als er mit steifen, schmerzenden

Gliedern erwachte und zögerlich ein erstes verhaltenes Öffnen seiner Augenlider zuließ. Zaghaft versuchte er sich einen Platz zum Durchstrecken zu verschaffen. Mit der Bewegung ließen auch die Schmerzen nach und er wagte es sich aufzusetzen. Sogleich bemerkte er eine Veränderung. Das Rattern und Vibrieren, das ihm gerade noch ein Mindestmaß an Vertrautheit vorgeheuchelt hatte, war verstummt. Der Zug stand still. Hatten sie ihr Ziel bereits erreicht? Ihr Ziel, das verdammt noch mal nie ihr Ziel sein sollte und geschweige denn sein wollte. Langsam begannen auch in den übrigen Körpern vereinzelt Muskelgruppen zu zucken, um in träge, verhaltene und unsichere Bewegungen überzugehen. Einer nach dem anderen setzte sich auf. Ihre Blicke trafen holprig aufeinander wie die ersten Gehversuche eines Rehkitzes wenige Minuten nach seiner Geburt. Erneut breitete sich die Angst aus. Wie Brandzeichen einer Rinderherde markierte sie ihre Augen und hielt sie alle am Boden. Die Angst fesselte ihre Glieder, kerbte sich tief um ihre Gelenke und ließ sie in der lauen Morgenluft zittern. Keiner wagte es aufzustehen, sogar das Atmen schien ihnen eine bedrohliche Gefahr darzustellen. Gustav wischte mit seinen Händen das spärliche Stroh vor seinen verschränkten Beinen beiseite. Die blanken Holzdielen kamen zum Vorschein, dann stand er auf.

Die ersten Blicke durch die Gitterstäbe brachten ihm Gewissheit. Entsetzt sank er wieder zu Boden. Der Atem stockte ihm wie denaturiertes Eiweiß. Er spürte sein Herz bis in den Hals pochen. Die Mitfahrenden starrten ihn an; starrten auf seinen Hals.

Konnten sie sehen, wie das Schlagen seines Herzens ihm langsam die Kehle zuschnürte? Konnten sie sehen, wie sich die Angst von den Augen hinunter bis tief in sein Herz brannte? Er sah alles, alles so, wie es ihm Alfred beschrieben hatte. Die Glatzköpfe standen in zerstreuten Gruppen umher, sie palaverten, gestikulierten, grölten und lachten. Über ihnen schwebte ein Dunst aus primitiven Gedanken. Dazwischen die Männer mit den langen grauen Mänteln. Diese hingen in schweren Falten zu Boden, wie Vorhänge, die vor der winterlichen Kälte schützen sollten. Männer, die keine Spuren hinterlassen konnten, da diese von ihren Mänteln sogleich wieder verwischt wurden. Hirnlose und Spurlose. – Hier war die todbringende Meute also tatsächlich versammelt. Er sah auch den Stollen. Bei seinem kurzen Blick durch die Stäbe konnte er das schwarze Nichts genau erkennen. Der Zug hatte exakt vor der Einfahrt in den Stollen angehalten.

„Das *Böse* kann nie siegen", erinnerte er sich an seine Kindheit.

„Wenn ich die Fenster eines völlig verdunkelten Hauses öffne, so wird immer das Licht hineinstrahlen und niemals die Dunkelheit heraus."

Aber wo waren die Fenster des Stollens?

Wie sollte er je Licht in diese Finsternis bringen?

Wer sollte nun das *Böse* noch aufhalten?

II

Gustav stand in der Küche und hielt das Messer mit dem schwarzen Griff und der viel zu kurzen Klinge in der Hand. Er setzte es gerade an, die wuchtig gewachsene Zucchini in gleichmäßige Scheiben zu schneiden, als sein Blick über die am Küchenblock abgelegte Zeitung schweifte.

„PFF – Die große Chance für Österreich" las er in großen Lettern.

Vor wenigen Monaten erst hatte die österreichische Regierung das neueste Ergebnis einer Nationalratsbestimmung zum Fremdenrecht in freudigster Pose der zuständigen Beamten verkünden lassen.

„Eine Innovation sondergleichen."

„Eine Vorreiterrolle für ganz Europa."

„Österreich macht frei!" – So die Schlagzeilen in den Gazetten. Progressive forcierte Flüchtlingsintegration, kurz PFF, so der exakte Wortlaut der schon damals so verdächtigen politischen Errungenschaft. Gustav zweifelte von Anfang an an den Machenschaften der amtierenden Politiker. Zu schön klang der plötzliche Sinneswandel nach den äußerst turbulenten vergangenen Jahren, vor allem in Bezug auf das Fremdenrecht.

Das Fass ist voll – hieß es da noch vor kurzem, wenn wieder einmal das Öffnen der Grenzen für diverse Flüchtlingsströme aus krisengeschüttelten osteuropäischen, arabischen oder afrikanischen Ländern zur politischen Debatte stand, und auch nach Österreich der Hilferuf nach einem Mitwirken an der Lösung der prekären Flüchtlingssituation drang.

Der Vergleich mit dem Fass zauberte Gustav immer ein schelmisches Lächeln ins Gesicht, das seine Mundwinkel magisch in die Höhe zog, als würden sie durch zwei implantierte Magneten in seinen Ohrläppchen angezogen. Das Fass ist voll, jawohl!! – Voller Bier. – Das konnte den Durchschnittsösterreicher doch nicht beunruhigen. Er konnte nicht umhin, eine ständige Assoziation mit dem gepflegten Trinkverhalten vieler Österreicher im Rahmen solcher politischer Exkurse oder Schlagwörter herzustellen.
Gut gefüllte Brauereikeller, in denen die Menschen im Bier planschten. Die unterschiedlichsten Sorten mit ihren bunt verführerischen Etiketten schwebten vor ihm und etliche Werbeslogans, in denen das flüssige Gold genüsslich prickelnd in der Kehle von adrett gekleideten, sportlichen Männern verschwand. Zunehmend gewannen in diese Werbesendungen auch laszive Frauenblicke Einzug, denen der Schluck aus der Bierflasche, die pure Erotik einzuhauchen schien.
Was sollte einem also anderes übrig bleiben, als diesem einzigartigen Getränk zu verfallen.

Das Fass ist leer. - Diese Schlagzeile hätte sicherlich alle in Panik versetzt. Die letzten Tropfen Bier ausgesoffen, versiegt in den gierigen Schlünden der ach so fleißigen Stammtischbesucher und frommen Kirchgänger, deren Scheinheiligkeit und Blasphemie beim sonntäglichen Gang zum Gotteshaus nur noch durch den anschließenden Bierkonsum beim Frühschoppen zu übertreffen war. Kein Festtag ohne Bierzelt. Keine Leber ohne Zirrhose. Keine Parteiveranstaltung ohne alkoholgeschwängerte Parolen zur offensichtlichen Ausländer*freundlichkeit* der Österreicher. Viel zu viele Unsicherheiten lagen diesbezüglich in den vergangenen Jahren. Gustav wollte einer Änderung der österreichischen Fremdenpolitik in so kurzer Zeit keinen Glauben schenken. Und nun wurde ein völlig neues politisches Programm vorgestellt, mit dem Ziel einer ausgeklügelten Integration bei gleichzeitig stark verkürztem Asylverfahren.

„Nur eine bunte Gesellschaft kann für die Ansprüche der Zukunft ausreichend gewappnet sein."

„Wir brauchen die Erfahrungen jener Mitmenschen, die teils unter völlig anderen und widrigeren Bedingungen aufgewachsen sind als wir selbst um eine vernünftige und moderne Zukunft für Österreich zu sichern", so die Worte der Politiker.

Die Änderung war da. Und sie war massiv.

Der Druck auf Österreich, sowohl seitens der EU, als auch auf internationaler Ebene war zuletzt deutlich gestiegen. Ein Land, das sich getrost zu einer der fortschrittlichsten und reichsten Nationen der Welt zählen durfte, suchte nach wie vor nach gezwungenen Ausreden für die immer noch – im Ländervergleich – deutlich niedrigsten Zahlen an Flüchtlingen und Asylwerbern, die tatsächlich aufgenommen und integriert wurden. Diese Kritik wuchs über die Zeit an und brachte die österreichische Regierung in Handlungszwang. Darüber hinaus war es immer wieder zu kritischen Abschiebungen gekommen, die durch regionale und überregionale Medien hoch gespielt, für negatives Aufsehen über die Grenzen unseres Landes hinaus sorgten. Es war Zeit für eine Veränderung, Zeit für Innovation, Zeit für die PFF.

Seit dem neuerlichen Mitte-Rechts-Ruck vor zwei Jahren betrat das rechtspopulistische Lager in Begleitung der Christlich-Konservativen wieder die politische Bühne Österreichs. Die zuvor bestehende linksdemokratische Koalition hatte sich völlig in einem *Rettet die Welt* Konstrukt verzettelt, zudem wurden peinlichste Korruptionsvorwürfe laut und auch bestätigt. Lachhafte Statisten einer immer mächtiger werdenden Wirtschaftslobby, die in Sandalen gegen die Globalisierung kämpfen wollten. Immer häufiger las man Wörter aus der Bühnensprache für die Beschreibung der politischen Geschehnisse. Es stellte sich nur noch die Frage, ob es sich um ein Marionettentheater, oder eine Darbietung real existierender Laienschauspieler handeln sollte.

Die zweite Auflage dieser Mitte-Rechts-Koalition blieb, wie auch die Jahre zuvor, nicht unbeobachtet. Missbilligend und strafend fielen die Blicke der europäischen Partner auf unser Land.

Verblüfft und erstaunt waren die Reaktionen, als gerade von diesem Regierungsteam ein zukunftsweisendes und menschenwürdiges Integrationsprojekt vorgestellt wurde. Nach und nach stellte sich eine unerwartete Seriosität ein und sogar aus den linken Lagern waren die ersten Sympathiestimmen zu hören.

Endlich gab es wieder eine Politik für Österreich, eine Politik, die Sorgen und Ängste berücksichtigte und die Bürger unseres Landes wieder ins Zentrum rückte. Durch die PFF sollte ein konjunktureller Aufschwung vollzogen werden, da die Unterstützung von Fachkräften dringend notwendig war. Zudem ergaben sich neue Arbeitsplätze und die Regierung lockte mit steuerlichen Begünstigungen für alle, die am Aufbau und an der Unterstützung der PFF beteiligt waren. Trotz der fortbestehenden Ausländerangst – kein Wunder nach den Hetzkampagnen der letzten Jahre – gelang es mit geschickter Taktik und politischem Kalkül, gerade den fremdenfeindlichen Anteil der Bevölkerung von der neuen Politidee zu überzeugen.

„Österreich macht frei! – Progressive forcierte Flüchtlingsintegration", erinnerte er sich an einen Flugzettel der vergangenen Monate.

„Irgendwas führen die da oben wieder im Schilde, aber diesmal werden sie die Juden in Ruh lassen, das können sie sich nicht mehr leisten", hörte er noch die Stimme seines Vaters mit warnend erhobener Hand verhallen. Mit einer nebensächlichen Bewegung schob er die Zeitung beiseite.

Sorgfältig glitt die Klinge durch die Zucchini und eine große Scheibe legte sich flach auf das Schneidbrett. Feine Wassertropfen perlten aus dem weißen Fruchtfleisch hervor. Mit gleichmäßigen Bewegungen schnitt das Messer weiter, unentwegt neue grün berandete Zucchiniräder. Gustav hob das Brett an und streifte die ganze Ladung in eine Schüssel. Dabei schabte die Klinge rasch über die feuchtnasse Unterlage und erzeugte ein Geräusch, das an das kratzende Scheren einer Schneeschaufel erinnerte, die unentwegt mit monotonem Geschiebe den frisch gefallenen Neuschnee aus der Hauseinfahrt räumte. Leichte Wintersehnsucht erhob sich in ihm und verstreute eine eigentümliche Mischung aus Zimt und Melancholie. Gustav blickte durchs Küchenfenster. Völlig irreal und unglaubwürdig sah er einzelne verspielte Schneeflocken sich in langsamem Flug zu Boden senken. Schneefall im Juni? Die Kirschblüte war bereits vorbei. Weiße Blütenblätter, die ihm die Ankunft des Winters vorgaukeln hätten können.

Er trat ganz nahe an die Glasscheibe heran, um sich des Geschehens zu vergewissern. Er schloss die Augen. In seinem Inneren entstand eine eigentümliche Unsicherheit. Sollte er den Bildern, die sich auf seine Netzhaut projizierten, etwa nicht mehr trauen können? Würde ihm dieses Sinnesorgan eigenmächtig einen Streich spielen? Zögerlich öffnete er seine Lider. Nichts, völlig durchsichtig präsentierte sich die Luft vor ihm ohne einen einzigen weißen Bauschen – keine Schneeflocken. Verunsichert suchte er nach einem Beweis am Boden, aber das Gras hatte seine vertraute Farbe nicht geändert und grenzte wie ein grüngelber Teppich an die Terrasse. Er kniff seine Augen so fest zusammen, dass in der Dunkelheit dahinter grellweiße Lichtbögen tanzten, dann gab er den Blick wieder frei. Es zeigte sich keine Veränderung - keine weiteren Schneeflocken.

Seine Finger legten sich fest um den Messergriff. Verunsichert drehte er sich um, erreichte mit zwei, drei Schritten den Küchenblock, nahm die nächste Zucchini und setzte die Klinge wieder an.

Unbedarft näherten sich Kinderschritte.

„Papa", wurde er plötzlich von seinem siebenjährigen Sohn Jakob unterbrochen, der soeben durch die Küchentür kam und sich breitbeinig, mit in den Hüften aufgestützten Händen, vor ihm aufbaute,

„Warum stinken die Türken?"

Mit entsetzt hochgezogener und gleichzeitig kalmierender Stirn legte Gustav das Messer zur Seite und entgegnete, „warum sollten die Türken stinken, Jakob?"

„Der Max in der Schule sagt, die Türken stinken und die Neger sowieso", kam es mit halblauter Stimme zwischen Rechtfertigung und kindlicher Bestimmtheit herüber.

Er fuhr seinem Sohn durch das zerzauste Haar und legte einen Daumen auf das kleine Muttermal seitlich an der Schläfe.

„Wonach stinken denn die Türken?"

„Nach Zwiebeln, Papa."

„Aha, nach Zwiebeln. Und was ist derzeit dein Lieblingsessen, Jakob?"

„Kebab", so die rasche Antwort.

Jakob nahm die Hand seines Vaters von der Stirn und drückte an den Fingern, als wären es kleine Stäbe, die er wieder zurechtbiegen müsse.

„Und wonach stinkst du, wenn du dein Kebab verspeist hast, mein Lieber?"

„Hm, nach Zwiebeln, Papa."

Jakobs Gesicht bekam einen Ausdruck, als würde ihm ein unsichtbarer Keil seine kindliche Stirn von oben nach unten runzeln und dadurch seine Augen näher aneinander führen. Seine Brauen wandelten sich in die Form des Elefanten im Schlund der Riesenschlange von Saint Exuperys kleinem Prinzen. Die beiden Elefanten schienen sich, konzentriert und dennoch gelassen, ihre Hinterteile entgegen zu strecken.

„Genau, mein Sohn, nach Zwiebeln. Demnach stinken die Türken und auch wir beide nach Zwiebeln. Und alle anderen Stinker, die gerne Kebab essen, auch." Gustav konnte sich sein schelmisches Lächeln nicht verkneifen und griff reflexartig zu seinen Ohrläppchen. Dann zog er seinen verdutzten Sohn an sich und umgab ihn mit einer wohlig warmen, liebevollen und fein dosierten, väterlichen Dosis Glück.

„Dann stinkt der Max auch, wenn er ein Kebab gegessen hat", konterte Jakob, und der Vater gab ihm Recht:

„Ja, der Max auch und manchmal stinkt sogar die ganze Welt."

Ohne sich vom letzten Satz noch weiter verwirren zu lassen, genoss Jakob die väterliche Umarmung und schloss die Augen, ob der Geborgenheit.

„Hast du eigentlich vorhin Schneeflocken gesehen, Jakob?"

Gustav löste seine Arme und sah seinem Sohn tief in die Augen.

„*Was* soll ich gesehen haben, Schneeflocken?"

„Ja, vorhin draußen?"

„Wir haben Sommer, Papa."

„Ja, wir haben Sommer, du hast Recht."

III

Gustav war Geriater. Vielleicht war es das Interesse am Sterben oder am Tod an sich, weshalb er sich gerade für diesen Teil der Medizin entschieden hatte. Durch die berufliche Nähe zu Menschen, die soeben ihren letzten Lebensabschnitt zurücklegten, erhoffte er mehr Informationen über diesen Teil des Altwerdens und über die Vergänglichkeit zu erfahren. Er war fasziniert von den Augen seiner Patienten. Immer versuchte er in ihren Augen zu lesen, er versuchte zu erkennen, ob in diesen Höhlen Freude, Furcht, Neugierde, Unsicherheit, Ambivalenz oder einfach nur die Tatsache der Unwissenheit lag, die sie in Bezug auf das Lebensende beschäftigte. Diese Augen konnten viel erzählen, doch zahlreiche Geheimnisse würden für immer darin verborgen bleiben.

Unter seinen Kollegen hatte er den Eindruck, dass entweder dieses Interesse am nahenden Lebensende, oder die große Angst davor, den Grund darstellte, sich mit der Geriatrie zu beschäftigen. Die Angst vor dem Lebensende, mit der sie sich gezwungenermaßen, über den Umweg der Geriatrie, konfrontieren mussten.

Die Erkrankungen des Alters waren tückisch. Selten streckten sie die Betroffenen einfach nieder und brachten ihnen ein rasches Ende. Zumeist erhielten sie die Chance auf ein Weiterleben. Eine Chance, die ihnen ein Übermaß an Motivation und Anstrengung abverlangte. So entschied in der Regel der verbliebene Lebenswille, über den harten Weg des Trainings und der Anstrengung des *wieder auf die Beine kommen*, nochmals eine lebenswürdige Zeit zu erhalten, oder sich, über den Weg des *den Dingen ihren Lauf lassen,* zu verabschieden.

Für Gustav ergaben sich in den Gesprächen mit seinen Patienten immer wieder spannende Momente, vor allem, wenn es sich um die unterschiedlichsten Theorien für das Leben nach dem Tod drehte. Er selbst hatte keine Angst vor dem Sterben. Im Gegenteil, er war sogar von einer ureigentümlichen Neugierde gegenüber dieser unbekannten Dimension geprägt, einer Neugierde, die ihn sogar ungeduldig werden ließ, und ihn teils zwanghaft nach Hinweisen Ausschau halten ließ, die ihm endlich über das *Danach* Bescheid gaben. Gustav fürchtete den Tod nicht. Er hatte Angst vor Schmerzen, Angst vor willkürlicher Brutalität, und Angst vor Folter, die in unserem Land gänzlich unbegründet war, aber er hatte keine Angst vor dem Sterben. Er sah die Toten als Privilegierte, als Wissende über einen Zustand, der den Menschen so viel Sorge, Kummer und Furcht bereitete. Gustav liebte das Leben, er liebte sein Leben und er war sich dessen auch bewusst, aber um das Wissen des Sterbens und des *Danach*, beneidete er die Toten.

Gelegentlich ergaben sich, wenn es die Routine des Alltags zuließ, und eben diese Routine das freie Denken nicht allzu sehr beeinträchtigte, intensive Gespräche mit Patienten, deren gebrechlichen und geschundenen Körpern noch ein heller Geist innewohnte.

Er erinnerte sich noch gut an einen einundneunzigjährigen ehemaligen Bankangestellten mit kleinen Kugelaugen, versteckt in tiefen grauen Höhlen, deren Gewölbe tiefe Kerben trugen. Seine Augen strotzten vor Neugierde. Sein verschmitztes Lächeln konnte seine Vorfreude nicht verbergen und trotz der erlittenen Schenkelhalsfraktur war er frohen Mutes. Sorgfältig zog er vor jedem Gespräch die Bettdecke zu Recht und verschränkte darauf seine Finger, bevor er zu reden begann. An der Stelle, an der sich einst die kleinen Handmuskeln befanden, lagen tiefe leere Gruben. Wie von einem Pflug gezogen zerfurchten sie seine Hände. Die Haut an den Handrücken war übersät von Altersflecken und dazwischen verzweigten sich tiefblaue, zarte Venenfäden.

„Herr Doktor", sagte er, „glauben sie mir, das Sterben wird heute viel zu sehr überbewertet, wir sollten uns wirklich nicht zu wichtig nehmen."

„Sie reden beinahe so, als handle es sich bei unserem Leben lediglich um eine gute Flasche Rotwein", antwortete Gustav.

„Sie haben Recht, auch der Wein wird überbewertet, aber ich meine eigentlich das wichtig nehmen von uns selbst. Wie wichtig ist es wirklich, ob ich existent bin oder nicht. Es spielt vielleicht für meine Frau eine Rolle und vielleicht auch noch für meine Kinder, wobei diesen mein Abtritt vermutlich schon willkommen wäre, bevor sie befürchten müssten, selbst bald an der Reihe zu sein. Aber für meinen

Nachbarn spielt es schon eine bedeutend geringere Rolle und für die nette Verkäuferin vom Supermarkt gegenüber vermutlich schon gar keine mehr. Um das Ganze jetzt fort zu spinnen, müssten wir uns die Frage stellen, welche entscheidende Rolle unser Leben oder unser Tod an sich spielt, und betrachtet man dies auf das ganze Universum, was bleibt noch über?"

Seine Unterkieferprothese war ihm vorgerutscht und er brauchte die kurze Hilfe seiner Hände, um sie wieder an die richtige Stelle zu drücken. Danach zog er an der Decke und positionierte die Finger. Die Kugelaugen blitzen kurz auf.

„Wenn wir natürlich davon ausgehen, dass unser Körper an sich schon ein gesamtes Universum darstellt und jeder kleinste Teil eine Rolle für das Überleben des gesamten Organismus spielt, so könnte dies, auf das Universum übertragen, eine Rechtfertigung unseres Daseins erleichtern. Vieles ist allerdings austauschbar, auch in unserem Körper, und warum sollten das Austauschbare nicht gerade wir selbst sein."

Schon wieder die Prothese. Er war kurz verärgert über die Haftcreme, wo er doch zuletzt so gute Erfahrungen beim Discounter gemacht hatte. Er presste sie nochmals fest gegen seinen Unterkiefer und stülpte ein paar Mal die Lippen vor und zurück. Er betastete seitlich die Bartstoppeln an seinen Wangen. Bald lagen die Finger wieder verschränkt auf der Bettdecke und seine Augen leuchteten mit seinem Lächeln um die Wette.

„Aber dann stellt sich unser Leben grundsätzlich in Frage", fuhr er fort, „und die Behandlung meines Oberschenkelhalsbruches umso mehr und nicht zuletzt auch dieses Gespräch. Oberschenkelhalsbruch, souverän ausgesprochen, gibt mir noch lange nicht meine Daseinsberechtigung. Ich möchte nicht behaupten, alles sei sinnlos, ich möchte nur zu bedenken geben, wie wichtig wir uns nehmen sollten. Spielt es wirklich eine Rolle für andere Planeten, Sonnensysteme oder Universen, ob sich beispielsweise die gesamte Erdbevölkerung dem kollektiven Freitod hingibt, oder sich in einem neuerlichen Weltkrieg den Garaus macht? Ist es für das Bestehen aller Existenz von immenser Bedeutung, ein wohl behütetes Gleichgewicht von Lebenden und Toten bestehen zu lassen?"

Er benötigte eine kurze Pause und befeuchtete seine Lippen mit einem kleinen Schluck von diesem eigenartigen Diabetikersaft, der wohl in keinem Krankenhaus fehlen durfte.

„Oberschenkelhalsbruch, Oberschenkelhalsbruch", murmelte er ein paar Mal vor sich hin.

„Ich werde mir noch ein bisschen Zeit lassen mit dem Sterben, sonst wäre ich nicht mehr hier an ihrer Abteilung", fuhr er mit glänzenden Lippen fort, „aber meine Neugierde wächst schon sehr. Manchmal beklagt meine Frau diese Ungeduld und meint, ob sie mir denn gar nichts mehr bedeute, wenn ich so oft vom Sterben rede. Immer schon vom Sterben zu reden sei doch nicht mehr normal."

An einem anderen Tag berichtete er Gustav über seine Ideen, wie sich unser Leben nach dem Tod gestalten könnte. Schon als Gustav das Zimmer betrat, waren Decke und Finger gerichtet und eine neue Tube Haftcreme stand demonstrativ am Nachtkästchen. Noch bevor er den Sessel neben dem Bett zurechtgerückt hatte, begannen die Erläuterungen:

„Herr Doktor, ich bin überzeugt, dass unser Gehirn mit seinen nahezu unendlichen Verknüpfungen - wenn ich mich recht erinnere spricht man dabei vom Konnektom, also der Gesamtheit aller Verbindungen im Nervensystem – energetisch fortbesteht, dass also alle diese Verzweigungen und Querverbindungen nach dem Tod noch Gedanken, Ideen, Träume und Erlebnisse für Tausende von Jahren bereit halten, die uns einfach in dieser Neuronen konstruierten Welt weiterleben lassen. Weiter glaube ich auch, dass für das Funktionieren dieser Erinnerungen die gewohnte Energieversorgung mittels intakten Kreislaufsystems nicht notwendig ist, sondern eine Form niedrigster Energie ausreicht, die allgegenwärtig ist, um diese Funktionen, losgekoppelt von der müßigen Materie unseres Körpers, fortzuführen. Wir sind also versorgt mit etlichen bunten Leben noch lange über unseren Tod hinaus, oder vielleicht befinden wir uns gerade jetzt schon in einem dieser bunten Leben mittendrin."

Ein freudiges Schnalzen mit der Zunge beendete den letzten Satz, und der bestätigende Blick zur Haftcreme folgte gleich nach.

„Und sollte ich mich irren, so spielt es keine Rolle, denn etwas das nicht existiert, kann auch keine Rolle spielen, einfach nichts, das ist natürlich auch eine Möglichkeit. Aber ich habe mir schon oft vorgenommen, mir dieses Nichts vorzustellen und ich bin zu dem Entschluss gekommen, dass es furchtbar langweilig sein muss, obwohl nichts ja gar nicht langweilig sein kann."

Er bemerkte Gustavs hochgezogene Augenbrauen und schwenkte sogleich um:

„Herr Doktor, sie sind noch jung, lassen sie sich von einem alten Verrückten wie mir nicht den Kopf verknoten. Genießen sie ihr Leben, denn wir sind im Paradies, es liegt direkt vor uns, und wer es nicht erkennt ist selber schuld."

Er öffnete die Tür des Nachtkästchens und holte eine kleine Flasche Likör heraus. Die Hände mit den Pflugscharten drehten geschickt den Verschluss ab und befüllten zwei kleine Medikamentenbecher, die er in seiner Schublade hortete.

„Aufs Konnektom und aufs Paradies, Herr Doktor."

Gustav hob ihm den kleinen Becher mit der eigentümlich gefärbten Flüssigkeit entgegen und nickte ihm zu:

„Aufs Konnektom und viele bunte Leben."

Mit einem süßen Brennen im Hals verließ er das Zimmer.

IV

Der diesjährige Geriatrie Kongress fand in Graz statt, und Gustav hatte sich schon sehr auf ein Wiedersehen seiner alten Studentenstadt und noch einiger verbliebener Freunde aus dieser Zeit gefreut. Den ersten langen Kongresstag hatte er bereits hinter sich gebracht, und er war noch etwas wütend darüber, dass beinahe sämtliche Beiträge einer Lobpreisung der Evidence- based-medicine galten. Bei Gesprächen in den Pausen mit diversen Vortragenden stellte sich allerdings rasch heraus, dass im medizinischen Alltag der Schwerpunkt dann doch wieder bei der Eminence-based-medicine lag. Nichts desto Trotz wollte er sich diesen lauen Frühlingsabend nicht von medizinischem Fachsimpeln verderben lassen.

Vor wenigen Minuten hatte es einen Platzregen gegeben. Er verließ das Kongresshotel. Grau verhangene Wolken zogen noch vorüber. Ein blasser Dunst hob sich vom sonnenwarmen Asphalt der Straßen ab. Zwei Spatzen löschten gierig aus einer kleinen Pfütze ihren Durst. Erste Sonnenstrahlen verdrängten das grau und blinzelten ihnen einen zarten Glanz ins Gefieder. Gustav machte eine interessante Beobachtung: Männer und ihre Regenschirme:

Ein aalglatter Geschäftsmann im grauen Anzug mit hellblauem Hemd, passender Krawatte und matt glänzend polierten Lederschuhen, die Aktentasche unter den linken Arm eingeklemmt. In der rechten Hand trug er einen langen schwarzen Regenschirm, der makellos war, als hätte ihn sein Besitzer gerade erst gekauft. Diesen setzte er wie einen Spazierstock beim Gehen ein. Die Spitze war lang wie ein Dolch und klackte bedrohlich bei jeder Berührung des Gehsteigs. Klack, klack. Klack, klack. Eine Waffe, die jeden ausschalten sollte, bei dem die Ellbogentechnik nicht reichte.

Als nächstes entdeckte er einen Mann mit fahl beigen Schlabberblouson und einer altmodischen Bundfaltenhose. Dieser trug einen gelben Regenschirm mit der Spitze steil nach oben gerichtet auf seiner Schulter, gleichsam der Lanze eines Ritters. Die Haltung der Waffe war wie zum Kampfe bereit, die Erscheinung des Trägers glich eher einem Don Quijote, der vergebens gegen klapprige Windmühlen kämpfte.

Dann gab es noch die Männer mit den Knirpsen, sorgsam verstaut in einer kompakten Männerhandtasche oder eingeklemmt in deren Deckel. Klein, sorgfältig und unauffällig war die Devise. Genau, nur nicht auffallen, in keiner Weise aufsehen erregen, der Unscheinbarkeit des Daseins ewige Treue halten – die großen Unauffälligen, die Klein-Versicherungsbetrüger, die Sammler von Todesanzeigen, die Träger des Anzuges vom verstorbenen Großvater, Männer die glaubten beobachtet zu werden, da sie einen mittelgrauen und einen dunkelgrauen Socken anhatten, obwohl die Socken unter der Hose gar nicht zu erkennen waren. Männer mit kleinkarierten Hemden und ebenso gemustertem Charakter.

Gar nicht einordnen konnte Gustav diejenigen Männer, die alleine mit völlig überdimensionierten bunten Familienschirmen unterwegs waren und froh war er darüber, dass es noch keine Regenschirme mit Lederhosenmotiv gab.

Die Sonne hatte sie nun alle verdrängt.

Gustav versuchte seinen Kopf, die Sporgasse vom Freiheitsplatz hinabschlendernd, von lästigen Gedanken frei zu bekommen. Das monotone Kauen an der Salzbreze, die er sich eben zuvor noch in der Hofbäckerei gekauft hatte, schien dabei zu helfen. Ein Gewirr von Stimmen brachte ein buntes Durcheinander. Das Kopfsteinpflaster war hart durch die dünnen Schuhsohlen zu spüren. Etliche Kaugummiflecken übersäten den Boden. Er erinnerte sich an den Künstler, der aus diesen Kaugummiflecken kleinste, farbenprächtige Wunder zauberte. Am Ende der Sporgasse hielt er an. Gegenüber dem Kaffee Sorger hatte eine kleine Jazzcombo ihre Instrumente aufgebaut, und die drei Musiker legten gerade schwungvoll los. Finger zupften über Bass- und Gitarrensaiten. Der Besen des Schlagzeugers verzierte liebevoll das Wischen des Straßenfegers in Orange.

Er ließ sich von der Musik angenehm ablenken ohne sich darüber zu ärgern, dass er es bis heute nicht erlernt hatte selbst ein Instrument zu spielen. Ein paar zögerliche Versuche am Schlagzeug und an der Bassgitarre verloren sich bald zwischen den tausenden Seiten an medizinischer Fachliteratur, die er für sein Studium lernen musste. Wie wenig er sich von all dem Gelernten eigentlich gemerkt hatte, wollte er gar nicht wissen, denn diverse biochemische Formeln waren bereits wenige Tage nach der absolvierten Prüfung wieder aus seinem für das Rigorosum voll gestopften Kurzzeitgedächtnis herausgelöscht. Zahlen und Formeln und Wörter, die in irgendwelchen verstrickten Neuronen kurz Halt fanden, um im Anschluss in die düstere Schlucht des Vergessens abzustürzen. Wie viele Stunden hatte er in seinem Leben schon vor Büchern verbracht? Fachbüchern, die ihm ein scheinbares Wissen vermitteln wollten und angeblich die Wahrheit beinhalten sollten. Die Wahrheit verborgen in Fachliteratur.

Ein verspielter Basslauf leitete das anschließende Schlagzeugsolo ein und ließ die aufkeimende Sentimentalität verfliegen. Gustav kramte aus seiner Hosentasche ein paar Euromünzen hervor und warf sie in den aufgeklappten Gitarrenkoffer. Das ausbleibende Klirren beim Aufprall der Münzen bestätigte den noch jungen Abend. Er ging weiter und bog Richtung Kastner & Öhler in die Sackstraße ab. Sein zielloser Abendspaziergang führte ihn vorbei an der Steirischen Schmankerlstube und am Krebsenkeller. Die letzten Strahlen der Abendsonne funkelten aus den Fenstern der gegenüberliegenden Häuserfassade. Vor dem Stadtmuseum hielt er an.

Als sollte er kurzfristig von seiner Vergangenheit eingeholt werden, sah er im Innenhof des alten Gebäudes die Skulptur eines abgestürzten Düsenjets in Echtgröße nachgestellt. Genau dieses Flugzeug hatte er bereits vor fünfzehn Jahren an derselben Stelle vorgefunden. Ein metallenes Ungetüm und dennoch flugtauglich. Hatte das Leben nicht mehr zu bieten? Traten nach fünfzehn Jahren bereits die ersten Wiederholungen ein? So wie in einer durchtanzten Nacht im Zweistundentakt die Musiktitel von neuem gespielt werden, von einem takt- und einfallslosen DJ?

Déjà vu hin oder her, er lebte im hier und jetzt, oder versuchte es sich zumindest einzureden. Viel zu viele Unternehmungen und Vorhaben hatte er sich schon für später aufgehoben. Ein Später, von dem er genauso viel wusste, wie von der Endlichkeit des Universums. Ein Später, das für das eigene Unvermögen Dinge in die Hand zu nehmen und Initiative zu ergreifen herhalten musste. Ein Später, das er vielleicht niemals erleben würde. *Dies* und *das* und *jenes* wollte er sich für *hier* und *dann* und *irgendwann* aufheben. Vielleicht für die Pension? Ja, die Pension konnte für alle diese vorhaben herhalten. Dieses seltsame Konstrukt des wohlverdienten Ruhestands. Es gab Menschen, die konnten mit ihren Pensionsvorhaben mehrere ausgefüllte Leben mit geplanten Scheintätigkeiten voll stopfen, nur um von der Untätigkeit ihres gegenwärtigen Daseins abzulenken.

Er kam zum Gasthof zur Alten Münze und blieb stehen. Der Brunnen am Schlossbergplatz plätscherte gewohnt vor sich hin. Der Boden war feucht geziert vom Spritzwasser. Sein Blick nach rechts ließ ihn in ein wohl vertrautes Bild seiner Vergangenheit eintauchen. Der Treppenaufgang zum Schlossberg mit seinem malerisch verträumten Säulengeländer, das sich den Felsen entlang hochzog. Zwischen den Steinsäulen standen, wie kleine Zinnsoldaten aufgefädelt, Metallstangen in dunklem Grün. Die Dämmerung legte sich leise wie ein sanfter Schleier über die Stadt. Zögerlich blinkend erwachten die Laternen, die den Weg auf den Schlossberg erhellten. Das Rauschen der Mur drang herüber. Gustav verharrte einige Momente in dieser friedlichen Stimmung und sehnte sich kurzfristig in seine Studentenzeit zurück:

Ein Tagesablauf, der sich nahezu völlig frei gestalten ließ. Ein Leben in Neugierde und ständiger Erwartung neuer Erlebnisse und Abenteuer. Das Erleben von Nächten und Verschlafen von Tagen. Das Frühlingserwachen im Stadtpark in vollen Zügen. Hunderte Studentinnen, die den ganzen Winter nur darauf gewartet hatten wieder mit ihren Reizen zu locken. Freiluftkonzerte und diverse Kleintheaterbühnen. Tagesausflüge in die Südsteirische Weinstraße.

Erste große Enttäuschungen. Das stetige unbewusste Feilen an der eigenen Sozialkompetenz. Dreizehnstundentage nur vor Büchern. Sich voll stopfen mit überdimensioniertem Prüfungsstoff. Die Panik, nach sechs Monaten des Lernens bei einer Prüfung durchzufallen. Der ständige Druck der Eltern im Zeitplan zu bleiben. Die ständige Geldknappheit. Das Image des Sozialschmarotzers.

Gustavs Sehnsucht verflog in der Bewusstheit der letzten Gedanken rasch. Auch wenn er es nicht immer zugeben wollte, aber ab und zu ein Herr Doktor vor seinem Namen zu hören, machte ihn doch stolz.

Verträumt stand er am Schlossbergplatz, vor ihm der Treppenaufgang, hinter ihm das Rauschen der Mur.

Gar nicht unerwartet und doch völlig überraschend legte sich in dieses vertraute Bild eine vertraute Stimme.

„Hallo Gustav", hörte er Alfred hinter sich.

Er wandte sich um und erkannte das passende Gesicht.

„Alfred, was machst *du* hier?"

Dieser zog sich seine Hose zu Recht und ließ sie für einige Momente nicht mehr los.

„Beruflich ein Abstecher in unsere alte Studentenstadt und du?"

Gustav zog mit einer flinken Bewegung eine Broschüre aus seiner Jackentasche und hielt sie Alfred vors Gesicht.

„Der Geriatrie Kongress, er findet heuer in Graz statt, die Chance wollte ich mir nicht entgehen lassen, wieder einmal einen melancholischen Spaziergang durch *unsere* Stadt zu wagen und in alten Schwärmereien zu versinken."

Kurze Förmlichkeiten tauschten ihre Besitzer und rasch wuchs die alte Vertrautheit, während die Nacht zunehmend ihre bewegten Schatten hervorbrachte.

„Lass uns ein Bier trinken gehen", las Alfred Gustavs Gedanken, „wie in alten Zeiten."

„Komm, wir schauen rauf auf den Schlossberg, ich hab jetzt keine Lust auf ein lautes und verrauchtes Lokal."

Sie machten einen kurzen Abstecher zurück zum Hauptplatz, deckten sich bei einer der Imbissbuden mit reichlich Bier ein, verzehrten wie gewohnt einen Käse-Hotdog und begaben sich anschließend auf den Fußmarsch über die Treppen hinauf zum Schlossberg. Beim Uhrturm legten sie eine Pause ein und stießen mit dem ersten Bier an. Der große Zeiger hatte die Rolle des Kleinen und umgekehrt.

Gustav und Alfred waren sich bereits während des Studiums begegnet. Es war einer dieser Momente, in denen die Zeit still stand, in denen das Dasein eine Dimension verlor. Es verlor eine Dimension – nein, es nahm sie und schleuderte sie so weit weg, dass sie in der Ferne nur noch punktförmig, wie ein entflohener Vogel zu erahnen war. Und in diesem Raum ganz ohne Zeit war auch die Sprache überflüssig. Die Sprache, die sich in ihren unendlichen Über- und Unterebenen, Nuancen und Schwankungen gar zu oft verstrickte in einem Netzwerk von Missverständnissen. Letztlich war sie meist nur noch im Stande, als kleiner Wollknäuel dem Spiel einer Katze zu dienen. Und wenn die Katze genug von ihrem Spiel hatte, landete der Knäuel zerrupft in irgendeiner Ecke. Sollte er, Gustav, jemals selbst in so einem Missverständnis gefangen sein? Könnte die Begegnung von damals, den Be*gegner* von heute darstellen? Neben diesem ersten Zusammentreffen ergaben sich während ihrer Studienzeit nur wenige weitere, zufällige Wiedersehen, die rasch neben den zahlreichen Bekanntschaften, Kurzfreundschaften und Teilbegegnungen, verloren gingen. Es dauerte noch einige Jahre und einige berufliche Veränderungen, bis sie plötzlich einander wieder gegenüberstanden. Es schien, als hätte ihr Schicksal für sie beide nie etwas anderes vorbereitet. Diesmal verloren sie sich nicht mehr aus den Augen. Sie wurden zu stetigen Begleitern ihres gegenseitigen, teils dimensionslosen, und wiederum doch so alltäglichen Lebens. Nun entschied nicht mehr der Zufall über diverse Treffen und Zusammenkünfte. Auch ihre Familien mit Frauen und Kindern lernten einander kennen. Diese fühlten sich allerdings stets als Statisten einer Aufführung, deren Inhalt dem Spaziergang durch die schleierhaft verhangenen Wiesen einer unbekannten Landschaft an einem nebligen Novembertag, glich. So blieben die Familientreffen rar und die *Gustavalfredtreffen* zahlreich.

Viele Gemeinsamkeiten und auch viele Gegensätze gab es zu diskutieren und nicht nur einmal stellten sie im Rahmen einer Zusammenkunft eine Theorie zur Rettung der Welt auf.

Der Uhrturm warf seinen riesigen Schatten bedrohlich auf die alten Mauern der Brüstung. Ein reges Lichterspiel ließ die Stadt unter ihnen in einen urbanen Sternenhimmel verwandeln.

„Gehen wir hinauf zu den Säulen?", hörte Gustav seinen Freund, der sich gerade den Bierschaum vom Bart wischte, sagen.

„Zu *unseren* Säulen", legte er nach und bestätigte gleichzeitig mit einem kurzen Nicken den Vorschlag.

Kurz darauf fanden sie sich am Fuße der ehemaligen Schlossmauern an ihrem Lieblingsplatz wieder. Sie polsterten die harte Mauer mit ihren Jacken und lehnten sich jeweils an zwei gegenüberliegende Säulen. Ein breiter Biergrinser versuchte kurzfristig die Herrschaft über ihre mimische Muskulatur zu übernehmen.

„Es ist schön dich zu sehen", unterbrach Alfred das Schweigen. Im Wissen, dass es darauf keine passende Antwort gab, blieb Gustav still, neigte seinen Kopf nach oben und malte mit geschlossenen Augen ein Bild seines Freundes in den Nachthimmel:

Alfred war mittelgroß. Seine früher eher hagere und eckige Statur hatte er seit seinem Berufseinstieg als Journalist kontinuierlich mit subkutanem Füllmaterial in anschmiegsam rundliche Form gebracht. Wirklich dick konnte man ihn nicht nennen, wohlgenährt war passend. Sein volles und stark gelocktes Haar ließ sein Gesicht immer etwas jünger aussehen. Zuversicht und ein Hauch Verträumtheit strahlten aus seinen großen braunen Augen. In seltenen Momenten sah man ein verschmitztes Funkeln zwischen seinen Lidern hervortreten, als ob in der Tiefe seiner Augenhöhlen ein kleiner Diamant versteckt wäre. Die schon seit einigen Jahren bestehende Lücke in seinem linken Oberkiefer, in der sich einst ein Mahlzahn heimisch fühlte, hielt ihn nicht von seinem herzhaften und breiten Lachen ab.

Der Bart war sein Verräter. Er trug ihn meist am Kinn und gelegentlich ließ er den ganzen Mund von diesem Gewächs umkreisen. Er war sein Verräter. Denn neben einzelnen, rostbraun schimmernden, begannen sich zunehmend weiße Barthaare zu tummeln. An dieser Stelle des Körpers wurde sein eigentliches Alter erkennbar. Die schmalen Furchen seitlich seiner Mundwinkel hielten sich dezent im Verborgenen und unterschieden sich dadurch von den von Neid zerfressenen Frustklüften seiner Arbeitskollegen.

Die leicht gepolsterten Schultereinlagen der bevorzugt abgetragenen Kordsakkos, kamen durch seine nach vorne gezogenen Schultern, kaum zur Geltung. Seine Jeans waren immer blau, als gäbe es keine andere Farbe. Die Schuhe trug er meist schon ein knappes Jahrzehnt, bis sie widerwillig gegen ein neues Paar ausgetauscht wurden.

Wollte man ihn mit sehr wenigen Worten beschreiben, bot sich *der sich die Hose ständig hochzieht* am treffendsten an. Alfred war seit jeher ein Gürtelverweigerer. Hosenträger kamen für ihn erst weit jenseits der Siebzig in Frage, und Hosen waren nur bequem, wenn sie locker saßen. So entwickelte er sein persönliches Markenzeichen. Kein Gespräch im Stehen und kein Spaziergang durch die Stadt vergingen ohne dutzende Griffe zu seiner rutschenden Hose um diese wieder in die passende Höhe zu ziehen. Entsprechend abgetreten und ausgefranst waren die Umschlagfalten seiner Hosenbeine. Zu Studienzeiten lag er damit voll im Trend, später erntete er immer wieder abfällige Blicke von Kollegen, die versuchten ihren Mangel an Intelligenz durch ein betont adrettes Äußeres auszugleichen. Eben mangels dieser Intelligenz nannten sie ihn hinter seinem Rücken gerne *Hose hoch*. Wie so oft waren ihre Sticheleien von Neid genährt, dieser ruchlosen Plage der Menschheit. Vermutlich konnten sie es nicht ertragen, dass die einzig wirklich lesbaren Artikel und die einzig guten Recherchen immer nur von Alfred stammten, was auch seinen Vorgesetzten nicht verborgen blieb. Diese durften einem Angestellten, sozusagen einem Untertan, niemals zu viel Vertrautheit entgegenbringen oder undosiert ihre Anerkennung verschütten. Sie reagierten meist nur mit beiläufigem Lob oder suchten Kritik in Nebensächlichkeiten. Es diente ihnen als Schutz um nichts von ihrem eigenen Glanz zu verlieren, den sie täglich aufs Neue hoch gezüchtet und mit einigen künstlichen Verstärkern aufpoliert hatten.

Alfred wollte nur seine Arbeit gut erledigen und bemerkte von den ganzen Kindereien um ihn herum meist nichts. Gut erledigen hieß in seinen Worten gut, aber wer jemals mit ihm zusammen gearbeitet hatte, wusste, dass er höchste Ansprüche an sich selbst stellte und seine Arbeit von penibelsten Recherchen und dem ständigen Suchen nach der Wahrheit geprägt war. Alfred bezeichnete sich selbst und seine Arbeit gerne als mittelmäßig, doch es steckte viel mehr dahinter.

Leider glaubte er seine außergewöhnlichen Ansprüche auch von allen Kolleginnen und Kollegen erwarten zu können. Doch der Blick in die Realität kostete ihn viel Energie und ließ zahlreich seine Barthaare erblassen. Letztlich war es auch der Grund dafür, dass ihm vor wenigen Jahren von ärztlicher Seite ein halbes Jahr Berufsunfähigkeit attestiert wurde und er nur langsam von seinen nächtlichen Verbalexkursen loskam und wieder geruhsamen Schlaf fand.

Alfred war einer dieser *Durchschnittsmenschen*, deren Licht in einer Gesellschaft verblasst, die von Ellbogentechnik, penetrantem Gequatsche mit gleichzeitigem Exhalieren von heißer Luft und Korruption unter dem Deckmantel der Wettbewerbsgleichheit geprägt ist. Jene Menschen, die im Stillen im Stande sind so Großartiges für eine Gesellschaft zu leisten, werden nie im Rampenlicht stehen. Das Rampenlicht treibt ihnen die Schweißperlen auf die Stirn, lässt ihre Mägen sich zusammenkrampfen und ihre Hosen rutschen, sodass sie allzu sehr mit sich selbst beschäftig von irgendwelchen lautstarken und hinterlistig blendenden Taugenichtsen verdrängt werden. Taugenichtse, die es bevorzugen sich selbst reden zu hören, anstatt anderen zuzuhören. Nur sich selbst hören, sodass gar kein Zweifel an ihrem eigenen Irrtum auftreten kann. Taugenichtse, eine Gesellschaft voller Taugenichtse, die sich wunderbar strahlend im Rampenlicht präsentieren und durch das ungewöhnliche Ausmaß der ausgespienen heißen Luft, die Wahrnehmung ihrer Zuhörer in einen verschwommenen Dunst aus absoluter Undurchsichtigkeit verwandeln. Bildhaft schöne Worte wurden in Österreich kreiert, doch dass der Dampfplauderer dadurch an Magie und Anziehungskraft verlor, schien noch lange nicht eintreten zu wollen.

Alfred war nie vorlaut, nie der große Erzähler. Er hielt sich selbst für mittelmäßig und dieser Glaube an Mittelmäßigkeit hielt ihn am Boden. Doch der Glaube aus dieser nicht vorhandenen Mittelmäßigkeit ausbrechen zu müssen konnte ihm schwer zu schaffen machen.

„Träumst du?", vernahm Gustav eine Stimme aus der Ferne und entsann sich seines Freundes.

„Entschuldige Alfred, ich war abwesend", kam die Rechtfertigung.

„Bitte keine Entschuldigungen. Unser halbes Leben wird mittlerweile von Entschuldigungen geprägt.

Entschuldigungen für Ereignisse, die nicht einmal erwähnenswert sind. Aber wenn jemand wirklich einmal etwas anstellt oder Mist baut, jemand eine Firma nach der anderen in den Sand setzt oder Millionen an Steuergeldern in den Wind bläst, wenn jemand selbstsüchtig und über Leichen gehend, in unersättlicher Egomanie seinen Reichtum auf Kosten unzähliger fleißiger, strebsamer und zu Unterwürfigkeit erzogener Menschen, vermehrt, dann hört man keine Entschuldigung, dann bleiben die Übeltäter mucksmäuschenstill. Entschuldigungen täten dieser Welt durchaus gut, aber von den wirklichen Verursachern für die wirklich Betroffenen. Also bitte keine Entschuldigung aus deinem Mund."

„Ich habe verstanden, Alfred, also gehe ich mal kurz unentschuldigt aufs Klo."

Er verschwand hinunter zum Starcke-Haus und kehrte deutlich erleichtert wieder zurück. Bei seiner Ankunft hatte Alfred bereits eine Kerze auf der kleinen Mauer angezündet. Das Flackern der Flamme tanzte nervös in der Dunkelheit.

„Es scheint, als wärst du für unser Treffen gut vorbereitet." Gustav lehnte sich wieder an die Säule.

„In diesen Tagen muss man für alles gut vorbereitet sein, mein Freund."

Alfred gähnte lange und seine Zahnlücke erzeugte einen zusätzlichen Schatten in seinem Mund.

„Warum bist du wirklich in Graz?"

Alfred nahm seine Brille ab, legte sie in ein unförmiges Etui und verstaute dieses in seiner Tasche. Er rieb sich, mit den zu einer leichten Faust geballten Händen, die Augen und holte tief Luft. Mit einem gierigen Sog schien er der Nacht ihre Dunkelheit entreißen zu wollen. Erst nachdem er diese in der Tiefe seines Bronchialsystems ausreichend gefiltert und von jeglichem Funken Licht befreit hatte, gab er sie wieder frei.

„Ich musste mich mit einem alten Kollegen treffen, den ich noch von meiner Grazer Zeit her kenne. Der einzig wirklich brauchbare Journalist, den ich in meiner Umgebung habe. Er hat einen wirklich guten Schnüffler Instinkt und schon einige brisante Vorfälle aufgedeckt, zumeist in Politik und Wirtschaftskreisen. Dieses Mal sind wir scheinbar per Zufall an die gleiche Geschichte geraten und da er von seinen Kollegen genauso wenig Verständnis entgegen gebracht bekommt wie ich von meinen, hat er sich an mich gewandt. Ich meinerseits war darüber sehr froh, da mir die Geschichte einerseits viel zu irreal und andererseits, falls wirklich real, eine Nummer zu groß erschien. So haben wir beide unsere Ermittlungsergebnisse ausgetauscht und ziemlich entsetzt festgestellt, dass wir entweder verrückt sein müssen oder ziemlich bald für verrückt erklärt werden. Denn unsere Story ist eigentlich unglaublich und ich hoffe nach wie vor, dass wir an einem Irrläufer dran sind."

Gustav fiel es schwer den kryptischen Erzählungen seines Freundes zu folgen, aber der Ernst in dessen Gesicht zwang ihn zur Aufmerksamkeit.

„Alfred, du sprichst für mich in Rätseln. Eine Geschichte, die eigentlich eine Nummer zu groß ist, die es am besten gar nicht geben sollte? Bist du mit deinem Kollegen der österreichischen Mafia auf die Spur gekommen", versuchte Gustav zu erheitern.

„Wenn es nur die Mafia wäre", blieb Alfred gelassen, „dann müsste ich der Sache gar nicht weiter nachgehen. Nein, Gustav, es geht um viel mehr und ich werde dir auch davon erzählen, sobald die Zeit dafür gekommen ist. Aber jetzt lass uns eine gemütliche Nacht verbringen und alte Geschichten aufwärmen. Komm, wir haben noch ein paar Bierchen."
Gustav war mit dieser Antwort unzufrieden, er war gerade daran nachzubohren, als plötzlich das Spiel einer Flöte die beiden überraschte. Eine Bach Sonate.

„Der Flötenspieler ist doch sonst nur tagsüber hier", bemerkte er gleich die Veränderung.

„Vielleicht spielt er heute nur für uns und nicht wie sonst für die Touristen."
Die Ablenkung kam Alfred gelegen, denn der Unmut seines Freundes war ihm natürlich nicht verborgen geblieben.
Er kramte sogleich ein paar alte Studentengeschichten hervor und aus seiner Tasche noch zwei Bier.
So verging die Nacht, ohne dass sie nochmals auf dessen Recherchen zurückkamen.

Im Morgengrauen unterbrachen die ersten Geräusche des kommenden Tages ihren kurzen Schlaf – sie waren beide an den Säulen angelehnt kurz eingenickt. Alfred erinnerte sich an ein paar Zeilen, die er noch als Student an genau diesem Ort geschrieben hatte:

Ganz leise dringt der Motorenlärm zu den Säulen.
Ob sie es wohl hören mögen?
Das alte ergraute Tor, das mir für immer
verschlossen bleiben wird,
es schweigt auch heute.
Meine wunden Fingerknöchel pochen gegen
das Holz – doch vergebens –
dumpf verebbt der Hall im Bauch des Schlosses.
Die Dächer der Stadt winken zu mir herauf,
doch ich habe keine Lust zu antworten.
Einsam sitze ich an eine der Säulen gelehnt, im Schatten eines mir unbekannten Gewächses.
Wie vieler Menschen Stütze mögen
diese Säulen schon gewesen sein? – meine schon oft.
Plötzlich bin ich nicht mehr alleine, auch andere entdecken die Schönheit dieses Ortes, doch sie verweilen nur kurz.
Ich lausche dem sanften Klang einer Flöte, vergnügt
wandert sie die Tonleiter auf und ab.
Wer sie wohl spielen mag?
Die Häuser am Fluss wirken zweidimensional, als wären
sie Teil eines Bühnenbildes.
Ist wirklich alles nur Requisite?
Ein kleiner Luftballon schwebt in den Himmel empor,
gelb – wie unwissend – verbringt er sein kurzes Leben.
Noch fliegt er vom Wind getragen über die Stadt hinweg, doch nicht mehr lange,
wird er die Illusion seiner Freiheit genießen können...

„Depressives Studentengesülze", dachte Alfred noch kurz, als er Gustavs festen Blick auf sich spürte, und er wusste auch sogleich, was dieser bedeuten sollte.

„Also gut, Gustav, ich erzähle dir soviel ich weiß, aber glaub mir, es wird unser Leben verändern."

„Du hast ja bestimmt schon von der PFF gelesen, ich weiß du kannst Abkürzungen nicht ausstehen, aber verzeih mir, wenn ich der Einfachheit halber das politische Schlagwort der Progressiven Forcierten Flüchtlingsintegration mit diesen drei Buchstaben abkürze." Alfred rieb sich kurz den Bart und fuhr fort:

„Die PFF sieht also vor, dass Asylanten künftig in Österreich in ein streng strukturiertes und hoch organisiertes Integrationsprogramm eingeschleust werden um so möglichst rasch als fähige Arbeitskräfte dem österreichischen Staat zu nutzen. So frage ich nun Gustav, wann hat es in unserer politischen Erinnerung strukturierte und gut organisierte Projekte gegeben, die noch dazu Flüchtlingen nutzen sollten und nicht letztendlich für die Bereicherung irgendwelcher Politiker und deren Wirtschaftsfreunden dienten – wobei wir ja schon bei der Freunderlwirtschaft wären?" Während er die hochgezogenen Schultern wieder senkte, verdrängten tiefe Sorgenfalten das Glänzen aus seinen Augen. Er verschränkte die Beine auf der Mauer und wickelte die Schuhbänder um seinen linken Zeigefinger.

„Genau Gustav, du kannst dich nicht daran erinnern und jetzt wollen uns unsere Politiker weiß machen, dass plötzlich ausreichend Geld und Ressourcen vorhanden sind und vor allem auch der politische Wille, um jeden Asylanten die Chance auf Integration zu ermöglichen. Das stinkt doch zum Himmel. Sie reden von irgendwelchen internationalen Fördergeldern für besonders innovative Integrationsprojekte. Warum sollte gerade Österreich, das stetig sein Budget für Entwicklungshilfe gekürzt und sich in den letzten Jahren sukzessive in Sachen Flüchtlingspolitik eingemauert hat, warum also sollte Österreich nun herausragende Integrationspolitik betreiben und sogar umsetzen und dafür internationale Fördergelder erhalten." Alfred wischte mit dem rechten Zeigefinger über den Nasenrücken, der linke lag noch immer gefesselt von den Schuhbändern.

„Wir haben das PFF-Programm näher unter die Lupe genommen und es scheinen sich formal wirklich kaum Mängel zu ergeben, bis auf die Tatsache, dass wir eben kein Flüchtlingsschlaraffenland sind und auch noch nie waren.

Die Zahlen Gustav, die Zahlen machen uns skeptisch. Das Integrationsprogramm kann rein rechnerisch für maximal ein Drittel der Asylanten in Österreich funktionieren und das war vordergründig nicht einmal zu erkennen. Aber wir sind uns jetzt ziemlich sicher, dass die PFF nur für ein Drittel der Asylanten ausgerichtet ist.

Du wirst dich jetzt fragen, was mit den restlichen zwei Dritteln geschieht. Wir haben keine Ahnung, aber es gibt Indizien dafür, dass es sich um einen riesigen Politikskandal oder sogar noch mehr handeln könnte. Es gibt nämlich nahezu keine Abschiebungen mehr. Die Zahlen passen also nicht zusammen, ein Drittel Integration, keine Abschiebungen, wo bleibt der Rest? Haben sich alle in Luft aufgelöst, oder in reines Wohlgefallen?"

Alfred hüllte sich fest in sein Kordsakko. Die Morgensonne warf einen eigentümlichen Schatten auf sein Gesicht und veränderte es auf eine unheimliche und fremde Weise.

Scheinbar unberührt und dennoch verunsichert von den Worten seines Freundes kämpfte Gustav schon seit geraumer Zeit mit einer schier unüberwindbaren Schwere seiner Oberlider. Der mangelnde und auch unbequeme Schlaf der letzten Nacht schien nun als schwerer Bleisack von seinen Augenbrauen ausgehend stetig nach unten zu sinken. Er hatte Alfreds Erzählungen anfangs noch folgen können, doch irgendwann schien ihm sein Freund in fremde Sphären abzugleiten. Was redete er da von irgendwelchen Zahlen und vermeintlich verschwundenen oder zumindest nicht mehr zählbaren Asylanten. Sie waren in Österreich. Gut, Österreich kennzeichnete sich bisher nicht durch besondere Ausländerfreundlichkeit und innovative Integrationspolitik aus, aber warum sollte sich ein Land nicht einmal zu Änderungen durchringen, und warum musste hinter jeder politischen Idee ein Skandal stecken.

Natürlich erinnerte sich Gustav an sein komisches Bauchgefühl und an seine Skepsis, als er erstmalig von der PFF erfuhr. Aber Alfreds Skandalausschweifungen gingen ihm nun wirklich zu weit.

„Du glaubst mir nicht", hörte er plötzlich seinen Freund, „ich sehe es dir an. Du glaubst mir nicht und ich bin nicht einmal sicher, ob ich es dir verübeln kann."

„Lass mir bitte einfach noch ein wenig Zeit zum Nachdenken", entgegnete Gustav, „vielleicht solltest du mir nochmals genauer von deinen Recherchen erzählen, wenn ich ausgeschlafen bin."

Alfred war enttäuscht, obwohl er mit dem Unverständnis seines Freundes gerechnet hatte. Er ließ sich nichts anmerken und Gustav merkte es aufgrund der ihn nun überwältigenden Müdigkeit auch nicht. Die beiden schleppten sich noch den Schlossberg hinunter und trennten sich am Karmeliterplatz.

Gustav verschlief den ganzen Kongresstag und wachte erst am Abend mit brummendem Kopf auf. Er griff zu seinem Mobiltelefon und wählte Alfreds Nummer.

„Hallo, das ist die Sprachbox von Alfred H., bitte hinterlassen sie mir in mittelmäßiger Geschwindigkeit ihre Nachricht....."

Er war noch zu müde für ein imaginäres Gespräch mit einer Mobilbox und legte vor dem Erklingen des Signaltons wieder auf.

Gustav fühlte sich sehr unwohl. Das so überraschende und freudige Wiedersehen mit seinem Freund Alfred in ihrer alten Studentenstadt, der gemütliche Abend und die etwas harte Nacht am Schlossberg, sollten nicht so ihr Ende nehmen. Er war es gewohnt ein Treffen mit Alfred stets im Einklang zu beenden. Auch wenn es Themen gab, an denen ihre sehr unterschiedlichen Meinungen aufeinanderprallen konnten, am Ende gab es einen Händedruck, der nichts offen ließ, der immer versöhnlich war, der nie einen der beiden mit einem komischen Gefühl zurückließ.

Diesmal war es anders. Gustav erinnerte sich nicht einmal, ob sie sich zur Verabschiedung die Hände gereicht hatten.

Er nahm aus der Bar seines Hotelzimmers ein kleines Bier heraus – irgendeinen Vorteil mussten Hotelzimmer ja haben – öffnete es und trank ein paar Schlucke in der Hoffnung, sein Geist könnte sich dadurch lichten. Noch nie hatte der neuerliche Konsum von Alkohol nach einer durchzechten Nacht Gustavs Dröhnen im Kopf beruhigt – dann eben doch eine Kopfschmerztablette.

Er griff nochmals zu seinem Telefon, drückte am Display auf Alfred und wartete.

„Hallo, das ist die Sprachbox von ....", Gustav legte auf und sich selbst ins Bett.

Störrisch konfuse Gedanken begleiteten die zweite beinahe schlaflose Nacht in Graz.

Am nächsten Morgen war der Kongress nur noch nebensächlich. Er packte seinen Koffer und räumte das Zimmer. An der Garderobe hing noch sein Regenschirm. Er verstaute ihn im Koffer und verließ das Zimmer. An der Türschwelle huschte ihm noch ein kurzes „oh mein Gott, ich bin Knirpsbesitzer" über die Lippen, ehe er sich weiter zur Rezeption aufmachte.

Dort angekommen, stellte er noch seine „hat noch jemand für mich angerufen?" Abschiedsfrage und verließ ohne die Antwort abzuwarten das Hotel.

„Nein, kein Anruf, Herr G.", erahnte er noch die zarte Stimme der Rezeptionistin, die sich mit dem verführerischen Duft ihrer weichen Haut kurz zwischen den verworrenen Gedanken seiner letzten

Nacht verirrt hatte. Sanfte Küsse streiften über seinen Körper und bedeckten seine Augen, noch bevor ihn der Wecker dieser Traumwelt entriss. Als scheinbarer Trost für seinen zerrütteten Kopf brachten ihm ihre vollen Lippen für einen Moment gedankliche Ruhe und Eintracht mit sich selbst.

Diese Eintracht währte nur kurz und wurde jäh von dem Unbehagen verdrängt, dass er sich den Körper einer anderen Frau herbei gesehnt hatte.

Sollte es ihm wirklich Unbehagen bereiten, ab und an nach den Brüsten und dem Schoß einer anderen Frau zu verlangen. Lag es nicht in der Natur eines Mannes dem stetigen Trieb zur Erhaltung seiner Sippschaft zu folgen?

Er sah seine Frau Helene vor sich. Er konnte sich nur ein Leben mit ihr vorstellen und würde sie nie mit den Kindern aufgrund einer anderen Frau verlassen. Helene war für ihn eine Heilige, eine Madonna, die für die Nachwelt als Erinnerung für ihr glorreiches Dasein in Gold gegossen wurde. Keine andere Frau konnte ihrer Stärke nahe kommen und Vergleiche schienen ihm oft lächerlich.

Dennoch wuchs in ihm von Zeit zu Zeit eine wellenförmige Sehnsucht nach der gelegentlichen Intimität mit einer anderen Frau. Sie wuchs und verebbte und wuchs und verebbte. Sie konnte seinen Verstand trüben, wie das durch plumpe Fußtritte aufgewühlte Wasser am Boden eines Moorsees. Vielleicht würde einmal sein Freund Alfred eine Abhandlung über die Sehnsüchte der Männer schreiben, die ihm weiterhelfen könnte.

Da war er wieder, sein stolzer Freund, der ihm momentan unendlich fern vorkam, und das löste in ihm ein zweimal unendliches Unbehagen aus.
Er wollte erst einmal einen Anruf Alfreds abwarten.

Die Fahrt zurück nach Oberösterreich verstrich nahezu gedankenlos und ein unerwartet angenehmes Vakuum machte sich in seinem Kopf breit. Seine Tochter Sarah hätte sicher Freude an dem Gedanken eine Schwedenbombe in diesem Vakuum zerplatzen zu sehen. Als Belohnung für einen besonders gelungenen Physiktest ließ ihr Lehrer zur Belustigung der gesamten Klasse immer eine Schwedenbombe unter einer Vakuumglocke explodieren, ein einfaches Experiment zur Veranschaulichung der unsichtbaren Kraft nicht vorhandener Luft. Eine zerplatzte Schwedenbombe; aber die Sauerei wieder aus seinem Kopf heraus zu bekommen wollte er sich dann doch lieber nicht vorstellen – eine neurochirurgische Meisterleistung. Er hatte allerdings noch nie davon gehört, dass Neurochirurgen an Schwedenbomben üben. Wenn doch, dann sollten sie auf jeden Fall als `worst case scenario´ diejenigen mit den Kokosraspeln verwenden.
Er hielt an einer Raststelle, trank einen kurzen Schwarzen, kaufte sich eine Packung Schwedenbomben, war froh dass er Geriater war, nahm sich eine von den Weißen heraus, und aß sie so, dass der Waffelboden noch als Ganzes übrig blieb. Diesen ließ er verspielt in seinem Mund hin- und her gleiten, bis sich der Teig in völligem Altruismus aufzulösen begann.

„Ich muss doch hier im Auto noch irgendwo einen Zahnstocher haben", hörte er sich im Handschuhfach kramen, doch die Suche blieb erfolglos. Der Nagel seines linken Kleinfingers konnte Abhilfe verschaffen und entfernte fein säuberlich die letzten Kokosreste zwischen den Zähnen. Zufrieden fuhr Gustav weiter.

V

Die nächsten Tage vergingen unscheinbar in der Routine des Alltags. Der Wecker läutete beharrlich um 5:30 Uhr und Gustav ergab sich widerwillig der Morgenprozedur: Gang zur Toilette, die Kinder aufwecken, die am Vorabend vorbereiteten Kleidungsstücke vom Schrankraum unsanft auf die Badezimmerkommode werfen, duschen, rasieren, Zähne putzen, Blicke in den Spiegel dennoch vermeiden, sich anziehen ohne dabei den Badewannenrand als Sitzhilfe zu benutzen – fertig, Mist, schon wieder das Deo vergessen, T-Shirt aus der Hose wieder rauskramen, Deo unter die Achseln – vielleicht sollte er sich doch einmal die Achseln rasieren, unlängst hatte er es bei einem Freund gesehen, der eigentlich viel älter war als er, haben rasierte Achseln wirklich etwas mit dem Alter zu tun? T-Shirt wieder in die Hose reinstecken, nochmals die Kinder aufwecken, wo war die Brille, wo hatte er sie gestern zuletzt in Verwendung – ah, der Computer, runter ins Arbeitszimmer, Brille rauf, rüber in die Küche, der Küchenboden ist noch kalt, doch noch Socken anziehen, ein-, zwei-, dreimal niesen, schnäuzen, Blutdrucktablette – Gott sei Dank nur ein Viertel, eigentlich war er doch noch viel zu jung für so ein Medikament, na, ja was soll´s, ein Glas warmes Wasser trinken, runter mit der Tablette, Jause für die Kinder herrichten, die für Jakob in die grüne Jausenbox: ein Käsebrot und zwei geviertelte Apfelstücke ohne Schale, Jause für Sarah in die pinkfarbene Jausenbox: Wurstbrot, in der Mitte auseinander geschnitten und ebenso zwei geviertelte Apfelstücke, allerdings mit Schale, so, nun noch schnell die Frühstücksbrote herrichten, zwei Marillenmarmelade Brote für ihn selbst, jeweils eines für Jakob und Sarah, verdammt, die Marmelade im Glas reicht nur noch für ein Brot, hastig raus ins Lager, ein neues Glas Marillenmarmelade holen, die restlichen Brote fertig streichen, noch vor dem ersten Bissen ein Drücken im Bauch verspüren, zweiter Gang zur Toilette, die Feuchttücher sind aus, dann doch das normale Klopapier verwenden, Hände waschen, zurück in die Küche, den Teller mit den zwei Marmeladebroten unangetastet in den Kühlschrank stellen - die Zeit zum Essen ist zu knapp geworden,

6:17 Uhr: Gustav saß im Auto, hätte er sich den Teller mit den Broten ins Auto mitnehmen sollen? Nein, wenn keine Zeit zum Frühstücken blieb, dann wollte er lieber nichts essen. Bestimmt würde sich Helene über die fertig gestrichenen Marillenmarmelade Brote freuen. Sie konnte ja auch nur zehn Minuten länger schlafen als er, um rechtzeitig den Zug zur Arbeit zu erreichen. Sarah saß bereits neben ihm am Beifahrersitz, er brachte sie noch zum Schulbus bevor er weiter ins Krankenhaus fuhr. Der Arbeitstag war ungewöhnlich ruhig und ereignislos. So nutzte er die Zeit um mit Alfred zu telefonieren und für die nächsten Tage ein neuerliches Treffen zu vereinbaren.

VI

Sie trafen sich beim Platzerwirt – wie schon so oft. Der gemütliche Gastgarten mit seinem feinen Kiesboden lud immer zu einem Trunk ein, der mächtige Ahornbaum in der Mitte gab ausreichend Schatten für die Sonnenflüchter. Ein kleiner Spielplatz bot Eltern die Chance auf ein Gespräch ohne ständige Unterbrechungen durch ihre Zöglinge.

Sie waren allerdings alleine gekommen – wie schon so oft. Gustav wollte sich gerade an einen der Sonnentische setzen, als Alfred die Richtung zur kleinen Bank neben der Kinderschaukel einschlug. Gut, wenn wir schon unsere eigenen nicht dabei haben, dann lauschen wir eben dem Geschrei der fremden Kinder. Gustav war verwundert, aber er folgte dem zielstrebigen Schritt seines Freundes.

Ihr Gespräch in Graz, ein unangenehmes Gespräch, ein für ihre bisherige Freundschaft ungewohnt unangenehmes Gespräch, war der Grund ihres heutigen Treffens. Es waren nun doch einige Wochen und etliche Telefonate vergangen, bis sie einen gemeinsamen Termin finden konnten.

„Wer war auf die idiotische Idee gekommen, die Bank so nahe neben der Schaukel aufzustellen", murrten Gustavs Gedanken um von der kommenden Situation abzulenken.

Alfred war angespannt. Seine Hose saß locker. Er zog sie hoch und setzte sich auf die Bank. Gustav nahm neben ihm Platz.

„Du kannst es glauben oder nicht", schnaubte er überraschend forsch, „aber du solltest es glauben. Du solltest es schon deshalb glauben, weil es die Existenz von uns allen bedrohen kann."

Er sah sich kurz um, doch die Kinder waren zu sehr in ihr Spiel vertieft, als dass sie an ihrem Gespräch teilhaben wollten.

„Sie planen eine Exekution im großen Stil", fuhr er fort,

„eine Massenvernichtung. Vielleicht sind sie auch schon mitten drunter."

Er zupfte an seinem Hemdkragen als wolle er Unkraut jäten.

„Alfred, du spinnst, du beschäftigst dich schon viel zu lange mit dieser verrückten Idee. Deine Phantasie geht mit dir durch, du hast dich einfach nicht mehr unter Kontrolle", versuchte Gustav die Situation zu beruhigen.

„Jawohl verrückt, die ganze Gesellschaft ist verrückt, aber nicht nur um einen halben Meter, nein, die Verrückung ist gar nicht mehr messbar. Ein riesiger Graben hat sich da aufgetan und den wollen sie jetzt füllen. Füllen mit Leichen, verstehst du, mit Leichen."

„Wie sollen die denn unbemerkt eine Massenvernichtung vorbereiten, oder gar durchführen?"

Er wunderte sich über das kleine Mädchen auf der Schaukel, das regungslos durch ihre blonden Locken in die Luft starrte.

„Bitte, alle mal kurz wegschauen, wir möchten nur schnell ein paar Ausländer aus dem Weg schaffen", versuchte Gustav ironisch zu wirken.

Alfred schwafelte etwas von politischen Ideologien und von ihren früheren linksaktivistischen Unternehmungen und dass sie sich dem Rad der Zeit nicht entziehen könnten.

Gustav befürchtete wieder Opfer einer der unzähligen Abhandlungen über die Mittelmäßigkeit zu werden. Eines von Alfreds Lieblingsthemen, worüber er stundenlange Exkurse zu halten vermochte. Etliche Abende ihrer meist gemütlichen Treffen endeten eingehüllt in eine Promilleroulade Rotwein mit diesem Thema - noch bevor er sich mit dem jetzigen Schwachsinn beschäftigte.

Der Holocaust war über siebzig Jahre her und Gustav hatte das ständige Gerede um irgendwelche Intrigen und Ausländerfeindlichkeiten längst satt. Natürlich lebten sie in einem Land, das in Sachen Integration keine Vorzeigenation war, aber Österreichs düstere Geschichtskapitel ständig wiederzukäuen war ihm zuwider. Außerdem stand es jedem Österreicher frei in seinem Heimatland zu bleiben oder es zu verlassen. Ständig über Österreich zu schimpfen und sich dennoch über Generationen hinweg schön breit sesshaft zu machen – diesen Widerspruch konnte er kaum noch erdulden. Europa und die ganze Welt standen offen.

Ihre gemeinsamen Zusammenkünfte waren für ihn zuletzt schon eine Plage geworden. Eigentlich wollte er sich plötzlich der früher so vertrauten Nähe des Freundes entziehen. *Wenn* es so etwas wie Entfremdung gab, dann musste sie bei ihnen beiden gerade stattfinden. Anders konnte sich Gustav die Kluft an Uneinigkeit und Gegensätzen, die sich in den letzten Wochen zwischen ihnen aufgetan hatte, nicht erklären. Eine Uneinigkeit in einer Freundschaft, die bis dahin von unglaublicher Stimmigkeit und nahezu telepathischem Verständnis geprägt war. Gustav und Alfred, der Arzt und der Journalist – sie galten als unzertrennlich.

Alfred kramte aus einer der Innentaschen seines Kordsakkos eine Packung Zigaretten hervor und steckte sich einen der Glimmstängel in den Mund. Seine Hände umklammerten zittrig das Feuerzeug. Er benötigte mehrere Versuche um den Tabak endlich zum Glühen zu bringen. Alfred war eigentlich Nichtraucher, militanter Nichtraucher.

„Was schaust du so? Ja, ich rauche und das ist auch mein gutes Recht", qualmte es blaugrau aus seinem Mund.

„Ich habe dir das Rauchen nie verboten, ich bin nur verwundert."

„Verwundert? Verwundert, dass ich rauche? Du achtest auf Nebensächlichkeiten, Gustav. Ich habe den Eindruck, dass du mir kaum noch zuhörst. Ich habe sogar den Eindruck, dass du mir gar nicht mehr zuhören willst. Was muss ich tun Gustav, um dein Vertrauen wieder zu gewinnen. Du bringst mich zur Verzweiflung, da du unsere Lage völlig verkennst."

Alfreds Stimme driftete wieder aus Gustavs Wahrnehmung ab.

Es stimmte. Er hörte ihn nur noch beiläufig reden, er konnte die momentan stattfindende

Entfrem(un)dung einfach nicht verstehen, er konnte ihm wirklich nicht mehr glauben. Veronika kam ihm in den Sinn, Alfreds Frau. Wie musste es sein, wenn einem der Partner völlig entgleitet, ein anderer Mensch zu werden drohte. Gefangen in der Beziehung mit einem Fremden. Gefangen nur deshalb, weil Veronika sicher mit allen Mitteln versuchen würde ihrem Mann entsprechende Hilfe zukommen zu lassen und ihn niemals alleine im Regen stehen ließe. Vielleicht wartete sie sehnlich auf den Moment, in dem Alfred völlig durchdrehte und es endlich die Möglichkeit einer Zwangseinweisung gab. Sie musste wohl zuwarten, bis ihr Mann gezwungen wurde Hilfe anzunehmen. Aber sie mussten es schaffen Alfred selbst zu einer Veränderung zu bewegen. Ohne Einsicht brächte ihm die beste Therapie nichts. Dieses nervöse Gehabe, das Rauchen, dieses fadenlose Verbinden von völlig wirren Gedanken – Alfred musste krank sein.

Langsam entsann sich Gustav wieder der Nähe seines Gegenübers. Er hatte den Faden verloren und unterbrach Alfred, der ununterbrochen geredet hatte.

„Du brauchst jetzt endlich einen Abstand von der Geschichte, nimm ein paar Tage Urlaub, pack deine Familie ein und fahr in den Süden. Ich mache mir wirklich Sorgen, Alfred."

Gustav ertappte sich dabei, wie er bei seinen letzten Sätzen an einen dieser Mittelklassekrimis denken musste, in denen der Held knapp vor Auflösung des Falles, mangels ausreichender Einsicht seiner Kollegen eine Auszeit aufgezwungen bekam. Als Zuseher vor dem Fernsehapparat wurde er immer mächtig zornig, da die schon greifbare beziehungsweise sehbare Auflösung des Films gekünstelt in die Länge gezogen wurde. Auch das krampfhafte Drücken der Vorlauftaste an der Fernbedienung konnte daran nichts ändern. Er nahm sich wieder zurück und bemerkte wie sich Alfreds Fäuste nervös und beinahe zornig zusammenzogen.

„Du musst mir glauben, und vor allem, *du* musst bald meine Rolle übernehmen. Sie sind mir auf der Spur. Ich weiß bereits zu viel, und ich habe bereits zu viel gesehen. Bald schicken sie mich auf *Auslandsdienstreise*, das machen sie immer so. Ich war noch nie in meinem Leben auf *Auslandsdienstreise*, verstehst du. spätestens dann solltest du mir glauben."
Betreten blickte Alfred zu Boden. Gustav durchströmte Angst, Angst um Alfreds Verstand. Dessen Gesichtsausdruck bekam eine Leere, als würde der gewaltige Strudel eines überdimensionierten Badewannenausflusses alles Leben aus ihm herausziehen. Dann nahm er ihn mit seiner linken Hand heran, warf einen verängstigten Blick um sich und sprach leise,

„Sie sind nicht unbemerkt, aber sie haben genügend Helfer. Sie haben unzählige Glatzköpfe rekrutiert, sie machen das wirklich mit System."

„Und dann", fuhr er beinahe stotternd fort, „gibt es noch die Graumäntel. Den Rest erledigen sie mit Geld und Einschüchterungen. Ich habe es mit eigenen Augen gesehen, ich war dort."

Er verschraubte seine Finger zu einem gordischen Knoten.

„Die Bahnstrecke, sie haben eine eigene Nebenbahn reaktiviert, es gibt sie bereits und ich glaube auch, dass die ersten Züge schon fahren. Die wenigen Familien, die entlang der alten Strecke ihre Häuser bewohnen, erhielten eine saftige Summe fürs Schweigen. Ich habe mir die Häuser angesehen. Als Zeichen der stillen Übereinkunft wurden sie alle mit einem Aufkleber der PFF an ihren Türen gekennzeichnet. Eine Ironie des Schicksals. Neben dem mit Kreide geschriebenen Haussegen der Sternsänger ziert nun ein Aufkleber mit den Buchstaben PFF die Häuser. C-M-B, PFF. C-M-B, PFF.

Und am Ende der Bahn kommt schließlich der Stollen, der alte Bergwerksstollen tief in den Hausruck hinein. In den Stollen habe ich mich nicht mehr gewagt, das wäre zu gefährlich gewesen. Aber ich sage dir, der Stollen bringt den Tod, glaube mir, der Stollen bringt den Tod." Eine lange Pause setzte ein und wurde von einer beängstigenden Stille begleitet. Gustav spürte, wie sich fein säuberlich kleinste Härchen in seinem Nacken hoben um ihr Entsetzen kund zu tun.

„Ich muss Alfred helfen", dachte er bei sich, „er ist völlig verrückt geworden. Überarbeitet, Burnout, schizoaffektive Psychose. Scheißegal, was auch immer, ich muss ihm helfen."

„Alfred", versuchte er seinen Freund nochmals zu beruhigen, „du weißt, meine Schwester, sie ist Psychiaterin, sie arbeitet in Linz im ...."

Alfred unterbrach ihn indem er beide Hände auf seine Schultern legte. Sein Blick bekam eine durchdringende Schärfe und Gustav spürte wie sein Herz, in kleinste Scheiben zerschnitten, aus seiner Brust blätterte.

„*Dienstreise*, Gustav, wenn ich auf *Auslandsdienstreise* bin, so liegt es an dir, Gustav", und er betonte seinen Namen so sehr, als wollte er ihn auf seine Stirn brennen, als Zeichen heldenhaften Mutes.

Er stand auf, drehte sich um, und seine schweren Schritte schienen das Gras unter seinen Schuhen für immer platt zu drücken.

Das kleine Mädchen mit den blonden Locken begann zögerlich mit den Beinen zu wippen.

Gustav starrte vor sich hin als wäre unter der Grasdecke ein tiefgründiges Indiz zur Lösung der Situation versteckt. Sein Blick zog sich einige Meter zurück und fokussierte seine Schuhe. Das Spiel seiner Zehen formte kleine Ausbuchtungen in das weiche Leder. Er legte seine Hände flach auf die Spielplatzbank. Immer fester spürte er das raue Holz, bis die Last seines Körpers endlich wieder von den Fußsohlen übernommen wurde. Ein letzter Blick auf den Ahornbaum schloss den heutigen Besuch beim Platzerwirt ab. Eigentlich hätte er Lust auf ein Bier gehabt. Jetzt hatte er Lust auf gar nichts mehr. Und mit diesem Nichts fuhr er nach Hause.

VII

Gustav wohnte mit seiner Frau Helene und den Kindern Jakob und Sarah in einem kleinen oberösterreichischen Dorf. Sie hatten sich bewusst für das Landleben entschieden, um sich ausreichend Ruhe und den Kindern eine Oase für ihre Abenteuer zu bieten. Schwer idyllisch war das kleine Dorf in eine der zahlreichen Senken des Hausrucks eingegossen und schien unbeirrt von jeglicher Zeitgeschichte eine eigene Dimension des Daseins zu führen. Im Westen hob sich der Hausruck empor, stets bereit, einer Schlechtwetterfront, die sich vom Innviertel her wie eine Walze zum Sturmangriff formierte, die volle Wucht zu nehmen. Abgeschwächt aber dennoch kräftig genug, um die Gewalt der Natur zu fürchten, konnte sie als heftiges Gewitter über das Dorf herein brechen. Gegen Osten wurden die Hügel stetig sanfter, um als Alpenvorland schließlich an die mächtigen Erhebungen *des* Toten Gebirges und des Höllengebirges zu stoßen. An manchen Tagen skizzierten sich die Umrisse der steinernen Riesen scharf in den Horizont und der Traunstein schien nur einen kurzen Fußmarsch entfernt. Die Zersiedelung hielt sich noch deutlich in Grenzen und man konnte kilometerweit wandern, über Felder und durch Wälder streifen, ohne gleich wieder auf ein Haus oder Dorf zu stoßen. Ein Alptraum musste es sein für eingefleischte Stadtmenschen sich ein Leben in diesem Nest nur ansatzweise auszumalen. Der Geruch von Jauchegruben, Kuhställen und Hühnermist vermischte sich zu einem kulinarischen Festflug für die Fliegen. Wenigstens die Schweine fehlten. Bereits früh am Morgen starteten an schönen Sommertagen wie auf Befehl sämtliche Rasenmäher. Als hätte sich das gesamte Dorf dazu entschieden, diese stupide Freizeitbeschäftigung immer gemeinsam durchzuführen. Die Lebens- und Familiengeschichten der einzelnen Bewohner hatte man schnell durch, und offensichtliche Geheimnisse waren schon lange nicht mehr geheim. Rasch kam der Punkt, an dem sich der Alltag im Kreis zu drehen begann. Nur wenige Visionäre beharrten darauf, den Kreis um einen Vektor zu einer Spirale zu ergänzen. Es sollte sie davor bewahren im nüchternen Trott des Stillstands das Fundament ihres eigenen Daseins zerbröckeln zu sehen.

Gustav und Helene kannten die Stadt. Lange genug führten sie, durch äußere Zwänge aufoktroyiert, ein Leben voller Vorgaben und Einschränkungen. Die ständige Wucht an Überinformation, Reizüberflutung und Konsumzwang war lange genug auf sie herabgeprasselt, bis sie sich dazu entschieden, den friedlichen Rückzug in die Stille des biederen Landlebens anzutreten.

Die Stadt hatte sie überrannt, ihnen ihre Grenzen aufgezeigt und auch ihre Beziehung auf eine empfindliche Probe gestellt.

Sie hatten es satt, im täglichen Wettbewerb des *Kinder-zur-Schau-Stellens*, diverse Parks und Spielplätze abzuklappern. Ständig stand man im Visier pedantischer Eltern, ob sich die eigenen Sprösslinge wohl auch dem soziokulturellen Kodex entsprechend verhalten konnten, wie er von stets geförderten, infantil-intellektuellen Akademikerkindern erwartet wurde. So artete der entspannte Versuch eines gemütlichen Nachmittags im Park meist aus, in einer Sintflut des Sehens und Gesehen Werdens. Stets ungefragt erhielt man als freizügiges Gastgeschenk eine Abhandlung der eigenen Fähigkeiten den Anforderungen eines Erziehungsberechtigten gerecht zu werden, oder eben nicht. Erfolgreich konnte man dabei beobachten, wie unter dem Deckmantel der sogenannten liberalen Erziehung, die soziopathologischen Verhaltensmuster der völlig überforderten und überbehüteten Kinder täglich zunahmen.

Flucht!

Es half nur noch die Flucht. Völlige Einigkeit herrschte zwischen Gustav und Helene, als sie ihren Entschluss fassten, wieder zurück aufs Land zu ziehen. Dort öffnete sich für Jakob und Sarah das Tor zum Paradies. Ein Leben ohne Verkehrsschilder, Ampeln und Zebrastreifen. Kein Chaos an Motorengeräuschen und keine Gewürzmischung aus Industrie- und Autoabgasen, die sich tagtäglich gewaltsam Eintritt in die zarten Kinderneurone erzwangen. Ihre Sinnesorgane erhielten die Chance auf einen völligen Neustart. Ohne Enttäuschung stellten sie fest, dass es keinen Spielplatz gab. Alles war Spielplatz. Der nahe gelegene Bach zog sie magisch an, Felder, Wiesen, Tümpel und Wälder gab es fortan zu erkunden. Sperber, Habichte, Bussarde und Falken waren die Könige der Luft. Feldhasen, Fasane und Rehe waren

so selbstverständlich, dass sie bald keiner gesonderten Beobachtung mehr bedurften.
Lediglich das mystische Knistern der dicht gesäten, überreifen Weizenähren, das besonders gut zu hören war, wenn der Wind in den Feldern sein wellenförmiges und dann wieder völlig chaotisches Spiel trieb, ließ sie gelegentlich inne halten.

Abschürfungen, blaue Flecken, kleine Beulen und diverse Insektenstiche nahmen zu, doch den Kindern schien dies kaum aufzufallen. Bald konnten sie sich bei den anderen Kindern in Cliquen und Banden integrieren und genossen das Leben im Mittelpunkt der Welt in vollen Zügen.

Dieses vermeintlich paradiesische Dasein hatte wohl auch dazu beigetragen, dass Gustav Alfreds Warnungen keine rechte Aufmerksamkeit schenken wollte. Es war nichts zu spüren von abartigen politischen Aktivitäten. Und dass sich die Wahnvorstellungen seines Freundes so nahe an ihrem Wohnort abspielen sollten, machte es für ihn noch viel unwahrscheinlicher.
Gustav genoss sein Leben.
Seine Arbeit war abwechslungsreich und bereitete ihm noch immer Spaß. Beinahe jede freie Minute verbrachte er mit seiner Frau und den Kindern in der Natur.
Nur selten keimte die Frage auf, warum gerade er ein so wunderbares und unbeschwertes Leben führen durfte. In jeder Familie gab es Schicksalsschläge, diese unvorhersehbaren und ungewollten Ereignisse, die plötzlich aus dem Nichts heraus erschüttern konnten und die Betroffenen mit sich selbst, Gott

und der Welt, oder wem auch immer, hadern ließen. Wann war es Zeit für seine Schicksalsschläge, oder sollte es nur ein warnendes Streifen eines ruppigen Astes werden? Hatte das Schicksal gar auf ihn vergessen, oder sollte es seine Bestimmung sein, dass es keine für ihn gab?

Ein paar Wochen vergingen mit diversen Belanglosigkeiten, bis Gustav doch wieder von der Geschichte eingeholt wurde, als Veronika Kontakt zu ihm suchte.

VIII

Bei ihrer Begrüßung verharrte ihr Blick lange auf seinem Gesicht, als müsste sie es Zentimeter für Zentimeter in ihr persönliches Morphologieregister einscannen. Ihr Händedruck war fest und trocken. Er bat sie ins Haus. Mit einem kurzen Druck an ihren Fersen schlüpfte sie aus ihren orangeroten Waldviertler Rauhlederschuhen. Unaufgefordert setzte sie sich auf einen Sessel am Esstisch, formte mühsam ein unscheinbares Lächeln mit ihren Lippen. Ihre Augen funkelten.

Aus Wut?
Aus Angst?
Aus Traurigkeit?

Eine klare Einordnung ließen ihre undurchdringlichen Gesichtszüge nicht zu. Gustav erkannte ein leichtes Zucken ihres linken Oberlids. Es fiel ihm nur deshalb auf, weil er es von sich selbst kannte. Eine Mischung aus Schlafmangel, nörgelnden und unbarmherzig fordernden Patienten, sowie sanftes Anfluten einer beginnenden depressiven Verstimmung, konnten ihn dieses lästige Zucken spüren lassen. Kurz angebunden war sie am Telefon gewesen. Sie hatte um ein Treffen gebeten. Es sei wichtig. Bald, betonte sie. Es bleibe vielleicht nicht mehr viel Zeit.

Veronika war viel anmutiger, als Gustav sie in Erinnerung hatte. Ihr Gestrüpp aus nahezu bronzenen Haaren wurde geschickt mit wenigen Spangen dem Gesetz der Entropie entzogen. Die Augenbrauen schwebten sanft in ständiger Bereitschaft ein unvorhergesehenes Runzeln ihrer Stirn abzufedern, ihre Sommersprossen wirkten nahezu bedrohlich intensiv. Er erinnerte sich entfernt an den Malunterricht in seiner Schulzeit und an sein Ungeschick darin. Ihre Sommersprossen wirkten, als hätte jemand bei der Siebtechnik einmal zu oft den braun gefärbten Pinsel über das zarte Drahtnetz streifen lassen und so viel zu viele der feinen Pünktchen in ihrem Gesicht verteilt. Es war ihr erstes Treffen seit längerer Zeit. Veronika kam rasch auf den Punkt.

„Was weißt du von Alfreds Nachforschungen." Anfangs überlegte er noch seine ganze Skepsis darzulegen, doch dann erzählte er einfach von Alfreds ersten Andeutungen, dass er an einer heißen Sache dran sei, dann die immer konkreter werdenden Ausführungen und zuletzt von seinen Zweifeln an Alfreds Verstand und seinen Bemühungen ihm Hilfe anzubieten. Veronika war die Enttäuschung anzumerken, dass ihr Mann zu Hause nur sehr wenig erzählt hatte. Gustav versuchte ihren Missmut zu entkräften und rang nach einer Ausrede.

„Er will bestimmt, dass du dir keine Sorgen machst", besänftigte er sie. „Er will seine Familie schützen." Er merkte sogleich, dass seine Worte keinesfalls die gewünschte Wirkung erzielten. Veronikas Gesicht blies sich auf und wurde von rot gefleckten Feldern übersät.

„Dann hätte er seine Nase gar nicht so tief in diese Sache reinstecken dürfen", brach es aus ihr hervor.

„Warum glaubt ihr Männer eigentlich immer, dass ihr eure Familien schützt, in dem ihr zu Hause nichts redet. Es ist notwendig seinen Partner teilhaben zu lassen, an der Freude und an den Sorgen. Vor lauter Behüten und Beschützen driftet das Leben völlig auseinander und irgendwann liest man verblüfft eine SMS, dass man soeben verlassen wurde. Wir Frauen sind nicht so zerbrechlich, wie ihr es gerne hättet. Du weißt genau, wer das starke Geschlecht ist." Gustav war über ihren letzten Satz etwas erstaunt, aber natürlich wusste er es und musste an Helene denken. Seine Frau, wie sie als Fels in der Brandung stets die Stellung hielt, während er wieder einmal völlig überarbeitet mit Fieber im Bett lag, und sie neben den Kindern auch noch ihn zu betreuen hatte.

„Ich war mir anfangs auch nicht mehr sicher, ob mit Alfreds Verstand noch alles in Ordnung ist", beruhigte sich Veronika ein wenig.

„Er kommt abends spät nach Hause, isst kaum noch und vor allem, er redet seit einiger Zeit wieder in der Nacht. Wirres Zeug, völlig unverständlich, aber er redet."

Dann erzählte sie, dass Alfred vor einigen Jahren bereits wegen Burnout in Behandlung war. Auch damals hatte er in der Nacht zu reden begonnen. Nächtliche Abhandlungen über die Mittelmäßigkeit waren sein schlaftrunkenes Lieblingsthema. Er habe damals nahezu zwanghaft an einem Artikel dazu geschrieben. Trotz der unpassenden Situation musste Gustav mittelmäßig schmunzeln, doch seine Ohrläppchen berührte er dabei nicht. Veronika war sichtlich beunruhigt.

„Völlig konfus sammelt er alle Zeitungsartikel über die PFF. Er versteckt Fotos vor mir, und zuletzt habe ich ihn dabei ertappt, wie er im Badezimmer einen Brief verbrannte und die Asche in den Abfluss des Waschbeckens spülte.

„Es muss mich wohl jemand verwechselt haben", verharmloste ihr Mann die Situation, und,

„ich muss noch mal in die Arbeit fahren, Schatz." Immer häufiger verwendete er dieses *Schatz*, als wollte er sagen: „Du kannst ganz beruhigt sein, du brauchst dir keine Sorgen zu machen. In ein paar Tagen ist wieder alles in Ordnung und ich bin wieder wie immer." Aber nichts war in Ordnung.

„Würdest du einen Brief verbrennen nur weil sich jemand scheinbar in der Adresse geirrt hat?"
Veronika sah ihn herausfordernd an.

Sie saß noch immer auf dem Stuhl. Gustav hatte ihr noch nichts zu Trinken angeboten. Er holte dies nach und beinahe friedlich nippten sie an einem Aperol-Spritzer. Es war derzeit *das* Sommergetränk und ganz egal zu welchem Anlass, ein Aperol-Spritzer passte immer. Beinahe begann sich ein winziger Schimmer von Zufriedenheit über ihre Gesichter zu legen. Veronika verschluckte sich kurz, setzte ihr Glas von den Lippen ab, dann sah er, wie langsam ein winziger Wassertropfen aus ihrem rechten Augenwinkel zart benetzt zu einer kleinen Träne wuchs. Noch ehe sie an Größe zunehmen konnte um talwärts über ihre Wange eine zarte Spur Wimperntusche zu ziehen, wischte sie Veronika mit einer beiläufigen Bewegung weg, als wollte sie zugleich alle Sommersprossen aus ihrem Gesicht entfernen.

„Drohbriefe", fuhr sie nach kurzer Pause fort,

„er erhält Drohbriefe. Ich hab sie einfach aufgemacht, immer ohne Absender, nie handgeschrieben. Es sei seine letzte Chance sich von der Sache fern zu halten, sonst müsse er mit Konsequenzen rechnen. Konsequenzen, die er sich bereits vorstellen könne. Ich habe die Briefe dann neu kuvertiert und adressiert und meine Unwissenheit vor Alfred beibehalten. Ich mache mir große Vorwürfe."

Dann stand sie auf, als müsste sie ihren ganzen Mut zusammen nehmen und sprach mit gebrochener Stimme,

„Alfred verliert nicht seinen Verstand, Gustav, aber er verliert vielleicht bald sein Leben. Die Angst macht mich sprachlos und er mauert sich völlig ein. Bitte rede mit ihm, Gustav. Du bist meine einzige Hoffnung, auf dich hört er."

Ihre letzten Worte trafen ihn hart und er konnte ihrem Blick nicht Stand halten. Die Fliege am Fenster half ihm sich abzuwenden,„Ja, auf mich hört er", und Gustav sprach zu sich selbst:„Ja, auf dich hört er, aber du hast nicht auf ihn gehört."

Betreten tranken die beiden ihre Gläser aus und so bestimmt wie Veronika zu ihm gekommen war, so zaghaft und verloren war der Abschied.

„Ich werde mich gleich morgen mit deinem Mann treffen. Er muss unbedingt die Finger von dieser Sache lassen. Was auch immer da abläuft, es ist viel zu gefährlich für ihn. Und ich Idiot war bis jetzt davon überzeugt, dass er an einem Verfolgungswahn oder einer sonstigen psychischen Erkrankung leidet."

IX
Alfred H.
Abhandlung über die Mittelmäßigkeit

Ich, Alfred H., bin mittelmäßig. Dies beginnt bereits bei meiner Körpergröße. Als mittleres von drei Kindern messe ich einen Meter und zweiundachtzig Zentimeter. Meine jüngere Schwester Martha ist mit ihren Eins achtundsiebzig eine große Frau und mein Bruder Albert überragt mich mit einem Meter und siebenundneunzig Zentimetern deutlich. Doch wollte man die Mittelmäßigkeit auf die Körpergröße reduzieren, wäre es zu einfach. Die Schulen, sowohl Volksschule, Hauptschule und das anschließende Oberstufenrealgymnasium mit naturwissenschaftlichem Zweig absolvierte ich glatt. Ohne Nachprüfung und ohne Vorzug. Als junger Schüler fühlte ich mich noch als etwas Besonderes, aber ich wurde schon bald eines Besseren belehrt. Ich war sportlich geschickt und hatte auch beim Lernen keine sonderlich großen Probleme. Es gab jedoch kein Schulfach in dem nicht der Eine oder die Andere besser waren als ich, und es gab keine sportliche Disziplin, in der ich nicht von irgendjemandem übertroffen wurde. Lediglich im Zielschießen von benützten Taschentüchern war ich der Klassenbeste. Nur sehr selten verfehlte ich den Mistkübel. Doch eine Pollenallergie als Elfjähriger ist echt mittelmäßig. So setzte es sich fort:

Meine erste feste Freundin mit Siebzehn, den ersten richtigen Sex mit einundzwanzig, verheiratet mit einunddreißig, zwei Kinder, eine Frau, eine kurze Liebschaft, ein Reihenhaus in einer mittelgroßen Stadt, ein Mittelklassewagen, eine Katze, zwei Hamster, einen Wellensittich, letzteren schon wieder nicht mehr. Doch schon bald wurden mir die Vorzüge dieser Mittelmäßigkeit bewusst und ich lernte sie als eine gewisse Form der Beständigkeit und als treuen Wegbegleiter schätzen. So bewahrte mich die Mittelmäßigkeit davor, hunderte qualvolle kindliche Stunden – und kindliche Stunden sind im Vergleich zu erwachsenen Stunden unvergleichlich lange – mit schmerzgeplagten Fingerkuppen vom ständigen Greifen und Drücken der vier Saiten einer Violine zu verbringen, um dann irgendwann einmal, nach völlig verkorkster Kindheit und zwei überstandenen elterlichen Scheidungen, mit einem komischen Fleck zwischen Kinn und Hals, als Stargeiger im Rampenlicht eines großen Konzertsaals zu stehen. Im Rampenlicht, gut aufgefüllt mit einer mittlerweile erheblichen Dosis Betablocker, um dem Druck der absoluten Beobachtung und Aufmerksamkeit - der nicht in meiner Natur liegt - und dem Zwang der immerwährenden Perfektion, überhaupt Stand halten zu können. Es blieb mir auch erspart in irgendeinem Knabenchor unter unvorstellbar militanter Zügelung die Welt zu bereisen, ohne dabei auch nur schemenhaft eine Vorstellung zu bekommen, wie diese Welt wirklich aussah, um später dann zu bemerken, wie unmilitant eigentlich der Präsenzdienst beim österreichischen Bundesheer ist, ohne allerdings wirklich davon zu wissen, da ich den Zivildienst abgeleistet hatte. So viel zur wirklichen Wirklichkeit im Mittelmaß der Mittelmäßigkeit. Nein, meine Kindheit wurde mir nicht geraubt: Sandspielen, Schlammburgenbauen, in Regenpfützen springen; auf Birken klettern, bis sich deren Wipfel zu biegen begannen; Räuber und Gendarm spielen, diverse Bandenkriege, Glasmurmeln tauschen; das erste Fußballstickeralbum von der WM in Mexiko 1986; Family-Tennis; dem aufgebrachten Nachbarn davonlaufen, wenn wieder einmal ein Ball den Weg in sein Blumenbeet suchte und er in einem cholerischen Anfall zu explodieren drohte; anschließend – als frisch erkorene Kindertierschutzaktivisten - seine Zwergkaninchen aus dem Käfig freilassen, damit er wirklich explodierte; spielerisch erforschend das eigene Geschlecht kennen lernen und der anfängliche Glaube dabei eine Sünde zu begehen; zögerlich dem Nachbarsmädchen das erste Mal zart unter die Bluse greifen, ohne dafür geohrfeigt zu werden; Lianen rauchen; Lagerfeuer in der nahen Au, im August unter freiem Himmel auf der Terrasse schlafen; im Herbst in die Laubhügel springen, die von den Gemeindearbeitern aufgeschichtet wurden und hoffen, dass sich darin keine Igel befinden; im Winter einen Schneehügel aushöhlen und als Iglu bezeichnen, am Rücken liegend Schneeflocken kosten ohne die Kälte zu spüren; kein Psychoterror durch die Eltern, keine körperlichen Misshandlungen. Die Mittelmäßigkeit – ein Genuss! Später, im Studium, begann ich dann erstmals deutlich mit dieser Mittelmäßigkeit zu hadern. Bis dahin galt, dass ich jederzeit aus ihr hervorspringen konnte, wenn ich nur wirklich wollte.

Ein erster Anflug von Melancholie und Tristesse ließ mich schon bald die eine oder andere Prüfung verhauen. Zu diesem Zeitpunkt wollte ich noch ein großer Forscher oder zumindest berühmter Journalist werden. Warum mir gerade dieses Ziel vorschwebte, konnte ich mir nicht erklären. Vermutlich lag es an der schon seit mehreren Generationen bestehenden Mittelmäßigkeit unserer Familie. Dieser anscheinenden Erbschuld, die schon viel zu lange mitgeschleppt wurde und nun drängend darauf bedacht war auszubrechen, wohnte es inne, sich irgendeinen Ahnen auszusuchen. Dieser Ahne wurde dann mit der Aufgabe betraut, endlich, im seit Jahrhunderten ersehnten Glanz der Einzigartigkeit, zu erstrahlen. Es brodelte in mir und obwohl ich versuchte nach außen völlig ruhig zu bleiben, blubberte diese Verdammnis bringende Sehnsucht nach Einzigartigkeit in mir weiter. Der Druck stieg und stieg und stieg immer weiter wie in einem Dampfdruckkessel. Irgendwann wurde die Einzigartigkeit auf Nimmerwiedersehen in einer riesigen Eruption – unterstützt von Bier und Tequila – in hohem Bogen über den Universitätscampus gespieen.

Diese Erbschuld kostete mir zumindest zwei Semester meines Studiums und somit schon rein formal die Chance auf ein Ausbrechen aus der Mittelmäßigkeit.

Ich benötigte diese Zeit, um den Nachhall dieser gewaltigen Eruption in nötiger Ruhe verebben zu lassen; um die Wogen der mächtigen Wellen, die gleich einem Tsunami Gischt in die feinsten Verzweigungen meines Kapillarbettes schäumten, zu glätten. Ich benötigte Zeit, um mich der protektiven Wirkung meiner Mittelmäßigkeit zu besinnen und um diese, wohlig warm wie Honigmilch, meine Innenräume als zarte Schutzschicht auskleiden zu lassen.

Der Einstieg in den Beruf besiegelte meine weitere Zukunft endgültig – als Mittelklassejournalist bei einer Mittelklassezeitung. Wenigstens brachte mir meine Übersiedelung aus der Steiermark nach Oberösterreich zumindest den Anflug eines Gefühls von Ausbruch oder Revolution.

Sehr revolutionär, die Übersiedelung in ein anderes Bundesland.

Ich liebe die Mittelmäßigkeit und ich hasse sie. Sogar meine Angst vor dem Wurm in der Kirsche ist mittelmäßig: wäre sie groß genug, äße ich keine Kirschen mehr und wäre sie klein genug, achtete ich nicht bei jeder neuen Kirsche darauf, ob sich ihr Geschmack von der zuvor verzehrten in irgendeiner Weise unterschied.

X

Gustav starrte an die Schlafzimmerdecke, unsicher wie lange er die Augen schon geöffnet hielt und wie lange er schon so da lag. Durch das matte Glas der Lampe schimmerte ein schwarzer Punkt, der an den Körper einer Fliege erinnerte – das Leben eines einzigen Tages, erloschen im Licht.

„Wird man eigentlich mit offenen oder geschlossenen Augen wach?", dachte er bei sich.

„Wenn man mit geschlossenen Augen aufwacht, ist man immer zuerst im Dunkeln und muss dann die Augen öffnen. Nein, wenn ich aufwache, sehe ich gleich meine Umgebung, bin sozusagen unmittelbar im Bilde."

Er freute sich über seine Folgerung und überlegte noch ein wenig hin und her, welche Stellung die Augenlider nun eigentlich wirklich beim Aufwachen einnahmen. Es konnte allerdings nicht beeinflussen, dass dieser Tag noch eine Veränderung bringen würde. Es gab Tage, die brachten eine Veränderung, ohne dass er eine erwartet hatte und es gab Tage, da hoffte er auf eine Veränderung, in dem Wissen, dass diese nicht eintreten würde.

Gustav spürte seine kalten Zehen und zog sie wieder unter die wärmende Decke zurück. An seinem Fußrand kratzte eine kleine Feder, die nur wenige Millimeter aus der Tuchent ragte. Ein langes Gähnen

begleitete das kräftige Durchstrecken seines gesamten Körpers und wurde von einem kurzen, angespannten Zittern abgeschlossen.
Er betrachtete den Bettbezug:
„Warum muss Bettwäsche Anspruch auf Kreativität haben? Warum zieren unendlich verschnörkelte Muster in abartigsten Farbarrangements Kopfpolster und Bettdecken? Um in der Nacht voll gesabbert oder sonst irgendwie verschmutzt zu werden? Warum mussten ihn seine Eltern immerzu gerade mit solchen Geschenken quälen? Die Einfärbigkeit von Bettbezügen sollte als Menschenrecht verankert werden", hörte er sich leise in den Morgen quasseln.
Er blickte verlegen um sich.
Sollte er etwa schon aufstehen? Eigentlich wollte er noch die angenehme Untätigkeit der morgendlichen Schlaftrunkenheit auskosten.
Unter der Decke neben ihm begannen kleine, sanfte Bewegungen das Ende seines Monologs anzukündigen. Ein Ellbogen streckte sich ihm entgegen und langsam tauchte dahinter Helenes schlafverknittertes Gesicht hervor. Mit halb offenen Augen stellte sie ihre Frage:
„Beginnst du nun auch schon im Schlaf zu reden?"
„Nein, ich bin schon wach, schon lange."
Sie nahm sanft sein Ohrläppchen zwischen ihre Finger.
„Schlaf doch noch ein wenig."
Ein weicher Kuss legte sich auf seine Lippen, und ihre Hand strich über seine Wange, dann kehrte ihm Helene wieder den unter der aufdringlich gefärbten Decke versteckten Rücken zu.

Bald hörte er nur noch die tiefen Atemzüge ihres sorglosen Schlafes.

Das Morgenrot entjungferte die weiße Schlafzimmerwand. Ein leichtes Ziehen im Nacken kündigte Gustav den folgenden Lagewechsel an. Er drehte sich zur Seite, ließ seine Beine aus dem Bett hängen und drückte gleichzeitig mit seinen Armen den Oberkörper hoch. So blieb er noch ein wenig sitzen. Helenes Atem füllte den Raum und sog ihn umgehend wieder leer. Als hätte er Angst nicht ausreichend mit Sauerstoff versorgt zu werden, erhob er sich rasch vom Bett und ging ins Badezimmer. Der Blick in den Spiegel brachte keine Veränderung. Der fahle Geschmack der Zahnpaste vermengte sich mit dem Duft des Rasierschaums zu einer misslungenen Morgenkreation. An der Wand befand sich ein kleiner Blutfleck, vermengt mit den schwarzen Resten einer Gelse. Er nahm einen Waschlappen und entfernte die Leiche.

Gustav hasste diesen Morgen ohne zu wissen warum, aber er hasste diesen *heutigen* Morgen. Er hörte eine Stimme, war es wirklich eine Stimme, bestimmt. Suchend drehte er sich zur Badezimmertür und spähte in den Vorraum. Nein, es war nicht Alfred, das Vorzimmer stand leer. Kein Freund, keine Stimme.

Gustav hasste Veränderungen, Veränderungen in einer Zeit, die ihm gerade lieb geworden war, einer Zeit, die eigentlich keiner Änderung bedurfte.

Die halbe Nacht dachte er über das Treffen mit Veronika nach und daran, dass er seinem treuesten und besten Freund keinen Glauben schenken wollte.

Viel schlimmer noch, er hatte ihn sogar für verrückt erklärt, so wie es ihm Alfred schon lange zuvor prophezeit hatte. Heute war der Tag, an dem Gustav seinen Freund wieder treffen wollte. Es war Zeit für eine Entschuldigung, für eine *echte* Entschuldigung, denn er hatte wahrlich Mist gebaut. Zudem musste er Alfred davon abbringen weiter seine Story zu recherchieren. Wer weiß, von wem die Drohbriefe stammten. Sie konnten nichts Gutes bedeuten. Diese zweite Aufgabe des heutigen Tages schien ihm noch viel schwieriger, denn er wusste genau, wie stur sein Freund, dieser vermeintliche *Mittelklassejournalist*, in Bezug auf eine viel versprechende Story sein konnte, und es wäre auch nicht das erste Mal, dass er sich dafür in Gefahr begab.

Er versuchte sich noch mit einigen Nebensächlichkeiten abzulenken, sortierte alte Rechnungen und begann einige Vorbereitungen für die noch ausstehende Einkommenssteuererklärung zu treffen.

Zwischenzeitlich schaffte es auch Helene aus dem Bett. Mit langsamen, vom Schlaf noch unsicheren Schritten, kam sie die Treppe herunter. Mit deutlich weniger vereinnahmenden Atemzügen bereitete sie das Frühstück. Der verlockende Duft der frisch gemahlenen Bohnen schien, trotz der pfauchenden Kaffeemaschine, eine beschauliche Ruhe in diesen Morgen zu bringen.

Dennoch machte sich eine gewisse Unruhe in Gustavs Magengrube breit, begleitet von diesem flauen Gefühl, dass er weder zuordnen noch einschätzen konnte. Er konnte es weder einschätzen, noch schätzte er es in seiner Anwesenheit. Er wollte es nur rasch wieder loswerden. Ein Gefühl, dass ihm in unvergleichlicher Geschwindigkeit existenzielle Ängste einflößte, ihm nahezu aus dem Nichts heraus den Boden unter den Füßen wegzog. Und so wie ihm der Boden weggezogen wurde, so zog ihn sein Magen zur Schublade, und aus der Schublade zog er den Autoschlüssel, und mit dem Autoschlüssel zog es ihn zur Garderobe, wo er hastig in Schuhe und Jacke schlüpfte, bis ihn die Autoschlüssel weiter zu seinem Wagen zogen. Er stieg ein und rückte sich mit kurzen Bewegungen seines Beckens die Sitzauflage zurecht, kurz verärgert über die Essensreste, die seine Kinder schon wieder im Auto hinterlassen hatten. Mit Helene sprach er kein Sterbenswort. Zu diesem Zeitpunkt wusste er allerdings noch nicht, dass vor dem Sterben meist kein Wort mehr gesprochen wurde.

Er startete den Motor, legte den Rückwärtsgang ein, gab kurz Gas, damit der Gang unter leichtem Knirschen vollständig einrastete und fuhr los, nicht anders als zur Arbeit oder zum Einkaufen. Geistesabwesend stellte er das Radio an und vernahm im Hintergrund die Diskussion über ein sonderbares Naturereignis, das sich im Juni in Oberösterreich abgespielt hatte. Ohne wissenschaftliche Erklärung kam es vielerorts zu einem für wenige Minuten anhaltenden plötzlichen Schneefall. Zuerst wurden die Hinweise als einfallslose Scherzanrufe fadisierter Mitbürger abgetan, aber als sich die Stimmen der Beobachter zahlreich mehrten, begann eine nähere Untersuchung des Ereignisses – ohne bis heute dafür eine Erklärung gefunden zu haben. Mit einer raschen Drehbewegung seiner rechten Hand ließ Gustav die

Radiostimme verstummen und nach einem kurzen Klacken der Lautsprecher blieb nur noch das brummende Motorengeräusch übrig. Das flaue Gefühl in seinem Magen wich einer völligen Leere. Schneefall im Juni? Ein verrückter Freund, der scheinbar doch nicht verrückt war? Eine seltsame politische Stimmung? Sollte das Schicksal nun doch beginnen zuzuschlagen?

Ein paar Abzweigungen und rasch befand er sich auf der Bezirksstraße. Er hatte versucht Alfred zu erreichen. Er hätte ihn gerne fürs Wochenende eingeladen. Ein ausgedehnter Spaziergang zu zweit, nochmals ein offener Moment für ein eindringliches Gespräch. Zuerst versuchte er es am Festnetz, niemand hob ab, dann am Mobiltelefon – nichts. Gustav kramte in seinem Telefonbuch und wählte schließlich die Dienstnummer. Er kannte die Antwort bereits. Eine fremde Stimme meldete sich:

„Herr Alfred H. ist derzeit auf Auslandsdienstreise." Nähere Auskunft könne man ihm leider nicht geben, dienstlich, vertraulich – natürlich.

Er nahm die Abkürzung übers Lagerhaus, so konnte er sich zumindest eine Ortschaft ersparen. Dann kam die lange Gerade nach Attnang-Puchheim. Der Druck aufs Gaspedal ließ die Straße schmal werden. Er nahm den Fuß zurück und die Straße wurde wieder breiter. Er bog ab. Die erste Abzweigung nach dem Bahnhof Wolfshütte, dann rechts die kleine Straße am Waldrand entlang parallel zum Schienenverlauf. In einer kleinen Ausbuchtung hielt er an. Er lief in die gegenüberliegende Wiese und aufgrund des hoch gewachsenen Grases ertappte er, als ehemaliger

Hürdensprinter, seine Beine in eigenartig hochgezogener Pose. Er verlangsamte seinen Schritt und sank im hohen Gras nieder.

„Lächerlich, ich renne einem Hirngespinst hinterher", versuchte er sich zu beruhigen.

Verspielt luden sich Libellen und Schmetterlinge zum Tanz. Ein kleines Kind inmitten einer Blumenwiese wollte er sein. Unschuldig und unwissend. Ein Zug näherte sich.

„Seit wann fährt auf dieser Strecke ein Viehtransport?"

Er starrte auf die Waggons, dann auf die Gitterstäbe und sah, was er befürchtet hatte.

Der Zug schrammte an ihm vorbei. Gustav lief zurück zum Auto und fuhr weiter. Die wenigen Häuser entlang der Bahnstrecke standen bunt aufgefädelt wie eine Glasperlenkette. Langsam rollte er an den Einfahrten vorbei, um einen ausreichenden Blick auf die Eingangstüren zu erlangen. Gespannt hielt er Ausschau nach den magischen Buchstaben. C-M-B, PFF. Bereits an der ersten Tür konnte er eindeutig die Aufschrift erkennen, C-M-B, daneben der Aufkleber mit PFF. Haus an Haus, Tür an Tür, C-M-B, PFF. C-M-B, PFF. C-M-B, PFF. Nicht mit diesen Initialen gekennzeichnete Häuser standen alle zum Verkauf frei. Bestechung oder Einschüchterung, das Machwerk funktionierte, Initialen oder Immobilienschild. Die Anrainer, die sich nicht der Verlockung der Bestechungsgelder hingeben wollten, wurden solange eingeschüchtert, bis sie freiwillig das Feld räumten. C-M-B, PFF. C-M-B, PFF. Christus Mansionem Benedicat – Progressive Forcierte Flüchtlingsintegration.

Gustav hielt am letzten Haus der Reihe und ging langsam in Richtung Eingangstür. Die feinen Steinchen des Kieswegs knirschten unter seinen Schuhsohlen. Mit glänzenden Blättern säumten Kirschlorbeersträucher den Weg. Behutsam zog er die Hand aus der Hosentasche und zielte mit seinem rechten Zeigefinger auf den kleinen Klingelknopf, der von einem nervösen orangen Flackern hinterlegt war. Hart bellte die Glocke ins Haus. Der klappernde Klang von Holzpantoffeln auf Fliesenboden drang von der anderen Seite auf die Tür zu. Mit einem kräftigen Ruck bewegte sich die Türschnalle nach unten und ein groß gewachsener Mann mit grau meliertem Bart, ähnlich gefärbtem Pullunder und gepflegtem Bierbauch trat hinter der Tür hervor.

„Guten Tag, kann ich ihnen behilflich sein?", hörte Gustav die tiefe Stimme aus dem Mund unter dem Bart hervordringen.

„Ja, sie können mir behilflich sein", entgegnete er.

„Ich habe Interesse an dem Aufkleber, der sich oben an ihrer Türe befindet."

Ein neugieriges Kindergesicht schob sich zwischen den Beinen des Graubarts hervor.

„Opa, wer ist dieser Mann?"

„Ich weiß es nicht, und ich glaube auch nicht, es wissen zu wollen."

Das Kindergesicht rümpfte die Nase und streckte die Zunge hervor.

„Was wollen sie von uns, und wozu interessieren sie sich für diesen Aufkleber?"

Gustav fixierte den Mann mit starren Augen und spürte dessen Unruhe wachsen.

„Es interessiert mich", fuhr er fort, „wie viel Geld sie für diesen Aufkleber erhalten haben, und es interessiert mich, ob sie wissen, welchem eigentlichen Zweck die Buchstaben auf diesem Aufkleber dienen, und es interessiert mich, ob ihnen die Züge aufgefallen sind, die in letzter Zeit wieder die Gleise hinter ihrem Haus befahren, oder ob der Aufkleber an ihrer Tür diese Züge unsichtbar machen kann?"

Nervös zupfte der Pullunderbierbauch an seinen Barthaaren und antwortete mit zögerlicher Stimme: „Ich verstehe nicht, was sie mit ihrem Besuch bezwecken, aber ich fordere sie auf mein Grundstück auf der Stelle zu verlassen." Er streckte den Arm in Richtung Gustavs Auto, um seine Aufforderung zu verdeutlichen.

„Ich werde sie nicht weiter belästigen", sprach Gustav mit ruhiger Stimme weiter, „und ich werde auch sogleich ihr Grundstück verlassen, aber ich möchte ihnen zu bedenken geben, mit welchem Gewissen sie künftig in die vertrauensvollen und Vertrauen erwartenden Augen ihres Enkels blicken. Dieser Aufkleber hat ihr Leben bereits verändert, vielleicht mehr, als es ihnen lieb ist. Aber sie haben unverändert das Recht auf ihre freie Meinung und das Recht auf menschenwürdiges Handeln, egal wie viel Geld sie zum Schweigen erhalten haben. Doch je mehr Zeit sie zum Schweigen benützen, umso mehr Züge werden vorüber fahren und umso schwieriger werden sie ihr Schweigen ertragen. Und je schwieriger dieses Ertragen wird, umso früher wird sich die Traurigkeit in ihnen breit machen und zahlreich werden die fragenden Blicke ihres Enkels Löcher in ihre Seele brennen."

Ein leises Räuspern beendete den letzten Satz und Gustav sah, wie sich ein trauriger Glanz über die Augen des Mannes zu legen begann. Die Holzpantoffeln klapperten zwei Schritte zurück. Langsam schloss sich die Tür.

Gustav knirschte zurück zum Auto und fuhr weiter. Im Rückspiegel verlor sich die Glasperlenkette in Unscheinbarkeit.

Den Streckenverlauf durch den Wald bemerkte er kaum, schon kam das Ortsschild. Attnang-Puchheim. Nur noch wenige hundert Meter bis zum Ziel. Vorbei an weiteren schmuck renovierten Bahnarbeiterhäusern mit pittoresken Vorgärten, den unterschiedlichsten Zäunen, in unterschiedlichsten Formen und Größen, die gar nicht erst den Anschein von friedlicher Nachbarschaft aufkommen lassen sollten. Attnang-Puchheim, Bahnknotenpunkt. Der Bahnhof hatte schon längst von seiner früheren Wichtigkeit verloren. Weder Kohle noch Salz gehörten heute noch zu den begehrten Gütern, die einst an diesem Bahnhof in geschäftigem Treiben für die Versorgung ganz Österreichs verteilt wurden. Ein verkommener Bahnhofsvorplatz, ein ungemütlicher kleiner Schalterraum mit ein paar abgesessenen, kaugummiverzierten, modrigen Bänken, eine halbherzig renovierte Unterführung, und veraltete Bahnsteige zierten das verblichene Bild der einstigen Blütezeit. Aber es gab viele Nebengleise, einige davon bereits sehr abgelegen. Der ansehnliche Ringlokschuppen war das eigentliche Prachtstück dieses Geländes.

Das Auto stellte er wie gewohnt am Pendlerparkplatz ab. Anstatt des Weges durch die Unterführung blieb er oben am Zaun. Er musste die Stelle finden, an der Alfred den Maschendraht bereits so manipuliert hatte, dass man ihn wie ein kleines Tor öffnen konnte. Er war verwundert, dass er sich an solche Details aus Alfreds Erzählungen erinnern konnte, hatte er doch den Eindruck, seinen Erläuterungen gar nicht mehr zugehört zu haben.

Überrascht über seine Ruhe schritt Gustav voran. Dichte Grasbüschel wucherten zwischen den Abstellgleisen. Krähen stocherten mit ihren langen Schnäbeln in der sandigen Erde. Er hörte das Kreischen einer Möwe. Weit oben zog sie ihre Kreise in absoluter Eintracht mit dem Blau des Himmels. Hatte sie den Bahnhof mit einem Hafen verwechselt?

XI

Plötzlich standen sie vor ihm. Verächtlich durchbohrten ihre Blicke seinen Körper. Zwei Männer, von denen man sich wünschte, sie niemals alleine anzutreffen. Nicht einmal dann, wenn sie seinen persönlichen Begleitschutz dargestellt hätten, wollte er sie neben sich wissen.

Gustav versuchte sich ihren Blicken zu entreißen und schwenkte seinen Kopf zur Seite. Eine braun gefleckte Katze strich mit ihren Samtpfoten lautlos hinter einem Waggon hervor. Aus den Augenwinkeln schielte er zu den beiden Gestalten zurück. Sie mussten wohl zur Kategorie der Glatzköpfe gehören. Alfreds Beschreibungen drangen aus Gustavs völlig verdrehten Hirnwindungen hervor.

Sie standen vor ihm, wie zwei aus dem Boden gepresste überdimensionierte Poller, hydraulische Säulen, die im modernen Städtebau oft Verwendung fanden, um bestimmte Straßenabschnitte nur einer besonderen Klientel zugänglich zu machen.

Gustav begann die Poller in Gedanken mit breiten grauweißen Streifen zu bemalen und ließ ihre Augen warnend rot blinken. Nun fehlte ihm nur noch die Fernbedienung um sie wieder im Erdboden versenken zu können.

Die Katze stöberte in der hellen Erde und erhaschte eine kleine Spitzmaus. Sie begann das Todesspiel mit dem Tier.

Die beiden Säulen warfen zwei ungleiche Schatten auf das Bahnhofsgelände, einen langen schmalen und einen etwas kürzeren breiten. Noch zwei in dieser Reihenfolge dazu, und er hätte die Dalton-Brüder vor sich gehabt. Gustavs Jugend war schwer von Comicfiguren und Comic-Heften geprägt, sodass er gar nicht anders konnte, als das Wort Schatten unmittelbar mit Lucky Luke in Verbindung zu bringen.

Der Mann, der schneller als sein Schatten schießt.

Diesen erfahrenen Revolverhelden hätte er nun gut an seiner Seite gebrauchen können. Doch neben ihm stand kein Lucky Luke und vor ihm keine Dalton-Brüder. Die Sonne stach vom Himmel. Grau weiße Poller skizzierten sich scharf in die vom aufgewühlten Staub getrübte Bahnhofslandschaft. Wie in dem Bild aus seiner Kindheit tanzten die Staubmoleküle vergnügt in den Sonnenstrahlen. Gustav suchte in seiner Hosentasche nach der Türfernbedienung seines Autos. Er ertastete das kleine Ding und drückte hastig beide Knöpfe. Da kam plötzlich Bewegung in die starren Gebilde. Plump anmutend und nahezu obszön gestikulierend schüttelten sie ihre grauweiße Bemalung ab und kehrten in ihre grässlichen menschlichen Gestalten zurück.

Erschrocken gab die Katze ihre Beute frei.

Gustav warf zögerliche Blicke in ihre Gesichter. Einer war jung und zahnlos. Ein paar lose verteilte, bräunlich schwarze Zahnstümpfe konnte man in seinem Mund erkennen, die als zu klein geratene

Termitenhügel ihr Dasein fristeten. Der strahlend weiße Glanz längst vergangener Zeiten war kaum mehr vorstellbar. Die spitzen Bartstoppeln überragten seine nicht vorhandene Haarpracht bei weitem. Kalte graue Augen stachen aus ihren Höhlen.

Der Ältere wirkte irgendwie schamlos. So ließ es zumindest sein dreckiges Lachen vermuten, das eben noch von grauer Farbe umgeben war. Der Ausdruck des vorgealterten und verlebten Gesichtes verriet seinen gnadenlosen Charakter. Gustav drückte abermals auf das kleine schwarze Ding in seiner Hosentasche, doch die Poller ließen sich nicht mehr versenken.

Die beiden Glatzköpfe zerrten ihn über zwei, drei Nebengleise, bogen mit ihm ab und gingen auf eine große Baracke zu, von deren Außenmauern schon an etlichen Stellen der Putz abbröckelte.

„Du brauchst gar nicht so zu zappeln, wir lassen dich sicher nicht mehr los, denn wir haben schon wieder mit einem Schnüffler wie dir gerechnet", meldete der Glatzkopf zu seiner Linken mit einem Tonfall, der ihm Wichtigkeit verschaffen sollte.

„Lasst mich los, lasst mich sofort los", kam es etwas zaghaft aus Gustavs Kehle, doch dann schrie er wutentbrannt,

„Loslassen sollt ihr mich, sofort loslassen."

Abrupt und unerwartet blieben sie stehen und ließen ihn los. Der Ältere der beiden zog aus seinem Gürtel eine Pistole heraus bestückte sie mit einem Schalldämpfer,

richtete sie auf Gustavs Kopf und entgegnete mit gelassener Stimme:

„Noch ein Schrei und du bist tot, gleich jetzt und hier. Niemand wird es hören, niemand wird es sehen, niemand wird je wissen, dass du hier warst. Such es dir aus, entweder du kommst mit und bleibst vielleicht noch am Leben, oder wir erledigen es gleich hier." Noch nie zuvor hatte jemand eine Waffe auf ihn gerichtet, und noch nie zuvor hatte er jemanden in seiner Nähe, dem das Töten so leicht zu fallen schien. Der Alte fuhr sich mit seiner grobknochigen Hand über den Kopf, als wollte er den nicht vorhandenen Scheitel glätten. Sie brauchten nicht mehr an ihm zu zerren und er brauchte nicht mehr erdulden, wie sich ihre Fingernägel in seine Oberarme bohrten. Er ging einfach mit. Nein, hier in diesem staubigen Bahnhofsgelände abgeknallt zu werden, konnte er sich nicht als sein Ende vorstellen. Irgendeine Form der Flucht musste ihm noch gelingen.

Schwer trugen ihn seine Beine voran. Aus der Ferne klang das Hämmern einer Baustelle. Die Luft staute sich dicht in der Sommerhitze. Neben ihm zitterte nervös ein Mückenschwarm. Langsam schleifend zogen seine Schuhe zwei parallele Bahnen in den Sand. Sie kamen der Baracke immer näher. Es war eines dieser unzähligen eigenwilligen Bahnhofsgebäude, deren Sinn für jemanden, der sich nicht Bahnbediensteter nennen durfte, verschlossen blieb. Es diente wohl als Aufbewahrungsort für diverses Werkzeug und als Rückzugsort für Jausenpausen. Die Fenster waren mit einer Mischung aus Schmieröl und Staub beschlagen, sodass sich die Umgebung kaum darin spiegeln konnte.

Aus dem Inneren hörte man Stimmen. Unterschiedlichste Stimmen in unterschiedlichsten Sprachen. Einer der Glatzköpfe stieß die Tür auf. Einfache Glühlampen erhellten den Raum. Durch die Fenster kam, wie er bereits vermutet hatte, kaum Tageslicht herein. Überall standen längliche Holztische und an deren Längsseiten einfache Bänke ohne Lehnen. Ein paar Regale säumten die Wände. Darauf befanden sich Werkzeuge, alte Arbeitshandschuhe, Jausenboxen, die wohl schon lange keiner mehr benutzt hatte und ein paar verstaubte Schnapsflaschen. Dazwischen aufgestellt standen Bilderrahmen mit vergilbten Schwarzweißfotos. Auf einem war eine alte Dampflokomotive, eingehüllt in eine dichte Rauchwolke, zu erkennen. Die Stimmung im Raum war beinahe ausgelassen und bei seiner Ankunft richteten sich nur kurz die Blicke auf ihn. Dann führten die unterschiedlichsten Stimmen ihre unterschiedlichsten Unterhaltungen in unterschiedlichsten Sprachen wieder fort.

„Setze dich an einen der Tische. Versuche nicht irgendwie Aufsehen zu erregen. Du weißt, wir können jederzeit unser Rendezvous von draußen fortsetzen", grinste der Zahnlose und drückte ihn auf eine der Bänke. Gustav wischte sich die, vom Zahnlosen mit dem Wort Rendezvous bespuckte, Wange ab. Die Luft roch nach feuchten Mauern, kaltem Rauch und schon lange nicht mehr gewaschenen Männerkörpern. Auf den Bänken saßen an die achtzig Personen, auch einige Frauen. Bei manchen von ihnen war sich Gustav unsicher, ob sie überhaupt schon volljährig waren. Um sie herum standen ein dutzend Glatzköpfe, zwei Männer mit langen grauen Mänteln, sie mussten aus einem Italo-Western entflohen sein, vorwiegend aber Männer in völlig unscheinbarer Alltagskleidung. Wie sich rasch herausstellte, waren die Stehenden Österreicher und die Sitzenden Asylanten. Gustav verhielt sich tatsächlich unauffällig und versuchte mit dem einen oder anderen Sitzenden in Kontakt zu treten. Tschetschenen, Nigerianer, Kosovaren, Syrer und einen Somalier hatte er bereits kennen gelernt, als er einen kurzen Ruck spürte und plötzlich ein Graumantel neben ihm saß.

„Hast du einen Ausweis dabei", hörte er diesen verächtlich.

Gustav stöberte in seiner Jackentasche herum, bis er endlich seine Geldtasche fand und aus dieser seinen Führerschein zog. Der Graumantel griff sich das Papier.

„Gustav G., Verzeihung, Doktor Gustav G.", verhöhnte ihn die fremde Stimme.

„Das G. klingt aber sehr merkwürdig. Dich wollten wir hier nicht. Warst wohl zu neugierig. Eigentlich bist du ja schon integriert. Willst du jetzt nochmals integriert werden, hm? Du bist wohl etwas zu gierig, Doppelintegration, einmal reicht wohl nicht?"

„Was soll das hier, was wollt ihr?", entgegnete Gustav. Der Graumantel blickte ihn verächtlich an.

„Wohl noch nie von der PFF gehört, Progressive Forcierte Flüchtlingsintegration. Hier in Attnang-Puchheim kommt, neben Vordernberg in der Steiermark, ein Großteil der Asylanten aus Österreich zusammen und wird in ein großartiges Integrationsprojekt eingeschleust. Das alte Möbellager an der Bundesstraße in Richtung Schwanenstadt wurde in ein Schulungszentrum umgebaut, wie jeder weiß, der ab und zu die Zeitung liest oder zumindest die Nachrichten schaut."

Natürlich hatte Gustav von der PFF gehört und gelesen, aber abgesehen davon, dass er von Abkürzungen sowieso nichts hielt, schien ihm dahinter nur abgedroschenes Politikergerede zu stehen. Allerdings war das, was er hier gerade erlebte, mehr als nur Gerede, es war ihm sogar viel zu konkret.

„Jeder bekommt eine gerechte Chance am Integrationsprojekt teilzunehmen", hörte er den Graumantel weiterreden, „jeder Dritte zumindest."

Ein kurzes, dreckiges Stakkato-Lachen folgte.

„Was heißt hier jeder Dritte", fragte Gustav nach.

„Na ja, glaubst du etwa, man kann bei einer solchen Vielzahl an Flüchtlingen und Asylwerbern eine vernünftige Integrationspolitik machen. Aus meiner Sicht gehören die Grenzen sowieso völlig dicht gemacht, leider geht das schon alleine wegen der EU nicht. Und nachdem jetzt von der Weltbank eine fette Förderung für besonders innovative Integration zugesagt wurde, haben sich unsere geschickten Politiker einmal etwas wirklich Schlaues einfallen lassen. Anfangs hätte nur jeder Vierte die Chance bekommen sollen, aber dann haben sie irgendwelche Statistiken berechnet, dass es nach außen am unauffälligsten bleibt, wenn jeder Dritte integriert wird."

Gustav fasste verwirrt zusammen:

„Jeder Dritte kommt in das Integrationsprojekt, damit ausreichend Geld zur Verfügung steht und das ganze überhaupt funktionieren kann. Mit der Förderung der Weltbank gehen sich auch noch fette Prämien für die handelnden Politiker und diverse Handlanger aus. Aber was passiert mit den restlichen Asylanten, werden sie einfach wieder abgeschoben? Aber das ist schon alleine wegen der Förderung nicht möglich. Es darf also keiner merken, dass sie abgeschoben werden. Aber bei so einer Menge kann das gar nicht unbemerkt funktionieren."

„Du bist ein schlaues Bürschchen", hörte er wieder die Stimme neben sich, „genau das ist der springende Punkt. Es darf keiner merken, wie viele wieder abgeschoben werden und damit es keiner merken kann, darf es erst gar nicht passieren. Und dafür haben wir uns eben etwas ganz Besonderes einfallen lassen. So bleibt das gute Geld im Land. Innenpolitisch stehen wir blendend da, weil sich jeder über die so mustergültig integrierten Ausländer freut. Mit dem Geld werden sie sprachlich bestens ausgebildet, bekommen berufliche Zusatzqualifikationen oder überhaupt eine Ausbildung. Es werden fleißig fesche Wohnungen gebaut, die Baubranche blüht also auch wieder und jeder kann zufrieden sein.

Außenpolitisch stehen wir sowieso im Rampenlicht mit unserem Vorzeigeprojekt. Die von der EU können gar nicht glauben, dass bei uns etwas so super funktioniert. Von unserem kleinen Geheimnis wissen die eben nichts, und das wird auch so bleiben. Darum glaube ich nicht, dass du überhaupt mitwürfeln darfst."

„Was heißt hier mitwürfeln", zeigte sich Gustav erstaunt.

„Na ja, wenn wir schon aus dem Vollen einer so prächtigen geschichtlichen Vergangenheit schöpfen können, so haben wir uns gedacht, die Asylanten, in Anlehnung an die Frankenburger Würfelspiele, um ihr Glück würfeln zu lassen. Die haben damals auch schon gewusst, wie man mit heiklen Sachen geschickt umgeht, nur das Verhältnis war ein anderes. Damals eins zu eins, heute eins zu zwei."

„Einer hat also das Glück", hinterfragte er, ohne es wirklich glauben zu wollen, „in ein großartiges Integrationsprojekt eingeschleust zu werden mit besten Chancen für die Zukunft, ohne dabei zu wissen, dass es für die beiden anderen keine Hoffnung mehr auf ein Weiterleben gibt?"

„Ja genau, das ist ja der Trick. Glaubst du, die würden hier alle so gemütlich und entspannt beisammen sitzen, wenn sie wüssten, dass sie bald um Leben und Tod würfeln? Die beiden Verlierer glauben natürlich, dass sich nur ihre Chance verzögert, und sie erst bei der nächsten Runde im Integrationsprojekt dabei sind. Was mit ihnen wirklich passiert, kapieren sie erst später, und dann ist es bereits zu spät für sie. Das macht die Sache so genial."

„Genial?", klang es mit einem großen Fragezeichen in Gustavs Kopf nach. Kein Wort wäre für ihn in diesem Zusammenhang unpassender als dieses.

„Skrupel", hörte er sich in Gedanken sprechen, dann in normaler Lautstärke, „Skrupel, hat denn hier niemand Skrupel? Dem einen wird eine wunderschöne Ausländerpolitik vorgegaukelt, während zwei andere dafür ihr Leben lassen müssen. Der ganzen

Nation wird hier ein absoluter Skandal unterschlagen."

Er kam zusehends in Rage und vergaß für einen Moment die missliche Lage, in der er sich befand.

„Mörder, ihr seid alles skrupellose Mörder", legte er lautstark nach.

„Soll ich mit ihm rausgehen", hörte er die Stimme des Zahnlosen hinter sich.

„Lass nur", beruhigte der andere, „er braucht nur noch ein wenig Zeit, um unsere schöne Idee zu verstehen", dann wandte er sich wieder an Gustav.

„Skrupel hat hier keiner. Das sind alles Ausländer, die zu Hause sowieso Großteils der Tod erwartet, wenn wir sie so, wie früher üblich, einfach abschieben. Bei uns bekommen sie die großartige Chance auf ein neues Leben. Da könnten sogar einige von uns neidisch werden. Von uns hat nicht jeder immer eine Chance gehabt. Der Zahnlose hätte gerne gewürfelt, wenn er dafür nur jedes dritte Mal von seinem besoffenen Vater missbraucht worden wäre. Viele schöne Beispiele kann ich dir da erzählen, wo der eine oder andere von uns gerne eine Chance gehabt hätte."

Träge verhallten die Worte des Graumantels in Gustavs Gehör. Er versuchte nochmals die unfassbaren Erläuterungen der letzten Minuten zu sortieren. Seine Finger krallten sich in die Tischplatte und Schweißtropfen sammelten sich auf seiner Stirn. Sein gesamter Rücken verhärtete sich zu einer schmerzenden Platte. Seine Augen begannen aus Zorn zu tränen und verschwommen starrte er den Graumantel an.

„Mörder, ihr seid und bleibt Mörder und das wird nicht mehr lange geheim bleiben."

Völlig gelassen und unbeeindruckt folgte die Antwort:

„Keine Sorge, noch haben wir jeden Schnüffler erwischt, der seine Nase zu neugierig hier reingesteckt hat. Deine einzige Chance zu überleben ist hier mitzuarbeiten. So ein grauer Mantel würde dir sicher gut stehen und unsere Ärzte könnten auch Verstärkung brauchen."

„Ärzte, ihr habt hier Ärzte, die mitmachen?"

In seinem Kopf schwirrten nur noch Wortfetzen umher. Er war außer Stande einen klaren Gedanken zu fassen. Seine zerebralen Fähigkeiten schienen ihn zur Gänze zu verlassen. Die Fetzen in seinem Kopf verloren die Farbe und fügten sich zu einem großen schwarzen Nichts zusammen. In stetig schneller werdenden Kreisen begann seine Umgebung zu verschwimmen. Er taumelte und verlor das Bewusstsein.

Als er wieder zu sich kam, war alles trüb. Grau in grau zogen düstere Regenwolken knapp über sein Gesicht. Die Nähe verunsicherte ihn. War er hoch oben zwischen den Wolken? Gustav auf der Himmelsleiter? Ganz nahe der Unendlichkeit, ganz nahe der reinen Wahrheit? Oder hatten die Wolken ihre gewohnten Gefilde verlassen um sich mutig in neue Tiefen vorzuwagen, bis herab zu ihm um sein bangendes Gesicht in ihren grauen Nebel zu tauchen? Immer dichter und dichter hüllten sie ihn ein, schon längst hatten sie ihre Leichtigkeit verloren und drängten an sein Gesicht.

Er blickte um sich in diesen grauen Raum. Immer größer wurde der Druck gegen seine Wange, immer fester und fester. Ungläubig schlug er nochmals die Augen auf. Der Raum verlor rasch seine Räumlichkeit, schob sie beiseite, zerkleinerte sie in tausend Stücke und kehrte sie mit einem Schwung davon, sodass sich unter ihm nur noch eine raue graue Fläche ergab. War er die ganze Zeit auf diesem Boden gelegen, sein Gesicht gegen den Beton gepresst? Sein Backenknochen schmerzte. Er setze sich auf und wischte den Staub von seiner Wange. Ein tief gefurchtes Muster war in die Haut geprägt, wie eine geheimnisvolle Schatzkarte.

Sie befanden sich in einem Nebenraum. Er und die übrigen Verlierer der Neuauflage der Frankenburger Würfelspiele. Dutzende verängstigte Gestalten, die sich eben noch in Zufriedenheit und Glückseligkeit wiegten. Verschwunden war die ausgelassene Stimmung. Wo war die Zukunft, die man ihnen versprochen hatte? Zum ersten Mal schienen auch sie zu verstehen, dass sich das Blatt gewendet hatte. Die Würfel hatten ihnen kein Glück gebracht.

Gustav musterte den ungemütlichen Raum. Die Tür schien fest verschlossen. Ein kleines Fenster eröffnete einen schmalen Ausschnitt des Bahnhofsgeländes. Im Gänsemarsch aufgefädelt verließen die glücklichen Gewinner des gnadenlosen Spiels das Gelände, nichts davon ahnend, was sie zurück ließen. Nicht ahnend, dass sie soeben dem Tod entronnen waren und sich für sie die Chance auf ein paradiesisches neues Leben eröffnete. Ein Hoch der PFF, begeisterte Anhänger dieser großartigen Integrationspolitik werden sich aus ihnen entwickeln. Sie kamen mit nichts und aus dem Nichts. Ihre Vergangenheit war bereits erloschen, noch bevor sie ihnen Gegenwart oder Zukunft bringen konnte. Nun hatten sie eine Zukunft vor Augen, die Zukunft der Gewinner, die Zukunft die ihnen die PFF geben wird. Sprachkurse, Ausbildungsmöglichkeiten, attraktive Wohnungen, gesicherte Einkommensverhältnisse, alles wird ihnen nun geboten werden. Ein Hoch für das gelobte Land, das ihnen dies ermöglichte. Ein Lob der Scheinheiligkeit, die sie für immer in ihrem unwissenden Glück belassen wird.

Gustav legte sein Gesicht in die Handflächen. Er sehnte sich nach seiner Familie. Er sehnte sich nach heute morgen, zurück in den Moment, in dem er die Autoschlüssel nahm und dann doch wieder zurück in die Schublade legte, um sich zu seiner Frau an den Frühstückstisch zu setzen und eine Tasse Kaffee zu trinken.

„Ich hatte eben eine verrückte Idee", hörte er sich zu Helene sagen.

„Ich dachte, ich müsste auf der Stelle nach Attnang-Puchheim fahren. Ich glaubte, dass Alfred etwas zugestoßen sei und ich sofort seine Nachforschungen fortführen müsste. Eine verrückte Idee, nicht wahr, mein Schatz?"

Dorthin, genau dorthin sehnte er sich zurück. Und er erkannte es in allen Blicken der Verlierer, alle die gemeinsam mit ihm hier saßen, er erkannte, dass sie mit ihm kommen wollten. Alle gemeinsam würden sie bei einer gemütlichen Tasse Kaffee sitzen und darüber lachen, welch komische Einbildungen sie heute schon hatten.

Laute Schritte trampelten herbei. Mit einem Krachen wurde die Tür durch einen heftigen Fußtritt aufgestoßen. Die Wucht riss Gustav aus seinen Gedanken zu Helene, ließ ihm die imaginäre Kaffeetasse aus der Hand fallen und wirbelte seine Sinne durcheinander. Die braune Flüssigkeit wurde langsam vom grauen Beton unter seinen Füßen aufgesogen. Allen Verlierern fielen reihum die Kaffeetassen aus den Händen. Die mattweißen Scherben hoben sich abstrakt vom braun getränkten Boden hervor. Ein dunkler Sud, der nur noch wenige helle Flecken duldete.

Glatzköpfe und Graumäntel stürmten in wildem Getöse herein, entleerten aus ihren Kehlen ein schmachvolles Geschrei. Sie zogen und zerrten an ihnen, rissen sie vom Boden auf und drängten sie alle durch die viel zu enge Tür ins Freie. Auf dem Gleis, das unmittelbar neben der Baracke endete, schnaubte eine alte Lokomotive mit einigen Viehwaggons heran. Kreischend und quietschend zähmten die Bremsen ihre Fahrt. Sie hielt direkt vor ihnen.

Schon standen die Waggons offen, sie waren bereit über ihre Rampen alle Verlierer aufzunehmen, um sie in ihren gierigen Mäulern verschwinden zu lassen. Die Sonne war erbarmungslos und verbündete sich mit der Angst zu einem gefährlichen Gegner, um in ihrer unbarmherzigen Zweisamkeit, den *Reisenden* die letzten Tropfen Schweiß herauszupressen. Stockend und stolpernd wurden sie in die Waggons getreten. Ihre Schreie verebbten im Nichts des Bahnhofsgeländes. Über ihnen kreiste verloren eine Möwe. Sie war sich ihres Irrtums immer noch nicht bewusst. Geschmeidig ließ sie sich vom Wind treiben.

XII

Gustav G. saß eingepfercht in einem klapprigen Waggon zwischen dutzenden von Menschen, die dasselbe Schicksal ereilen sollte wie ihn selbst, während er unbemerkt vom Strahl eines roten Riesen berührt wurde, der in unermesslicher Ferne nach und nach sein Licht aushauchte, um zu einem weißen Zwergstern zu verkommen. Zwischen dem verbliebenen Stroh, das einen Hinweis auf die frühere Verwendung dieses Waggons erahnen ließ, lag neben ihm am Boden ein Zahnstocher.

Völlig deplatziert, ein Zahnstocher erschien ihm hier völlig deplatziert.

XIII

Nochmals wagte er es aufzustehen. Fest legten sich seine Finger um die Gitterstäbe, als bräuchte er diesen Halt um auf den Beinen zu bleiben. Das Metall war feucht vom Morgendunst. Der Bodennebel verkroch sich ängstlich in unsichtbare Nischen. Gustav spürte die verstörten Blicke der *Mitreisenden* in seinem Rücken. Ein reges Treiben hatte draußen eingesetzt. Die unregelmäßig verteilten Gruppen der Glatzköpfe lösten sich auf und näherten sich, jeweils angeführt von einem Graumantel, dem Zug. Das Grölen und Lachen ging langsam in Gesprächsfetzen über, von denen es der eine oder andere bis zur Verständlichkeit in Gustavs Waggon schaffte.

„Das ist die siebte Fuhr", hörte er draußen, „wir liegen gut in der Zeit. Bis zum Ende des Monats sollten wir die vorgegebenen Achthundert *Abschiebungen* durchhaben."

„Abschiebungen? Abschiebungen klingt gut", vernahm er eine weitere Stimme,

„Abschiebung in die grässliche Finsternis, voller Zug rein, leerer Zug wieder raus. Der Rest passiert im Dunkeln und keiner merkt was davon."

„Weißt du eigentlich, wen sie für die Drecksarbeit im Stollen eingesetzt haben?", hörte er wieder die zweite Stimme.

„Das weiß hier keiner so recht, das bleibt ein Geheimnis. Erst wenn am Abend alle weg sind, kommen Kleinbusse um die Grubenarbeiter abzuholen. Ich könnte mir gut vorstellen, dass sie einen Teil der Asylanten selbst für die Arbeit hernehmen. Ein paar von ihnen werden nämlich immer gesondert transportiert. Geschieht ihnen sowieso recht. Keiner von uns braucht sie hier. Sollen doch einfach daheim bleiben, dann passiert ihnen auch nichts. Es ist sowieso nicht einzusehen, dass für einen Teil von ihnen so viel Geld ausgegeben wird, nur damit wir im Ausland schön da stehen. Sprachkurse, Berufsausbildung, neue Wohnungen, das Geld sollte man lieber uns geben. Grenzen dicht und aus."

„Auf jeden Fall kann ich mir etwas Schöneres vorstellen, als in der Finsternis diese dreckigen, stinkenden Gesindelleichen aus den Hunten herauszuzerren, um sie in irgendeinem Nebenstollen zu verscharren. Jemand hat einmal gemunkelt, sie holten sich Häftlinge aus der Justizanstalt Suben, die sich durch den Job Straflinderung erarbeiten können. Von denen kann man am ehesten annehmen, dass sie ihr Maul halten."

Gustav stand wie angewurzelt da. Was machte er eigentlich hier? Wie konnte er nur so tief in diese Geschichte hineingeraten, und wieso um Himmels Willen konnte so etwas überhaupt mitten in Österreich geschehen? Es war für ihn unerklärlich, wie diese Ereignisse überhaupt zu Stande kamen, und wieso nicht schon längst ein Aufschrei des Entsetzens das ganze Land wach gerüttelt hatte. Fand all das wirklich unbemerkt statt, oder hatten sich unzählige Augen zur blinden Mitwisserschaft verschlossen? Die Antwort würde für ihn verborgen bleiben, denn er wagte es nicht mehr daran zu glauben, diesem Albtraum noch entrinnen zu können.

Immer mehr der *Mitreisenden* erhoben sich neben ihm, um ungläubig aus den Waggons zu starren. Menschen mit unglaublichen Geschichten. Menschen, die bereits Qualen ausgestanden hatten, um überhaupt in unser Land zu gelangen, die dem Tode bereits näher waren, als wir es uns in unserem behüteten Dasein überhaupt vorstellen konnten. All diese Mühen und Anstrengungen sollten völlig umsonst gewesen sein, um hier in einem finsteren Loch in Mitteleuropa zu krepieren? Sollte dies das Schicksal dieser Menschen sein? Ihre überstandenen Qualen in neuen Qualen zu ersticken?

Erneut drangen von draußen Stimmen herein.

„Na endlich, jetzt rührt sich mal was. Ich hatte schon befürchtet, die Viecher in den Waggons sind schon tot."

Gustav erkannte einen Graumantel, der mit den Händen in den Hosentaschen auf ihren Waggon zukam.

„Man musste sich gar nichts Spezielles einfallen lassen für die letzte Fahrt", prahlte dieser, „sobald alle in die Grubenhunte umgestiegen sind, funktioniert der Rest fast automatisch. Die Lok wird durch einen Teil des Stollens gesteuert, in dem sich kaum Sauerstoff befindet, und wenn sie dann im *Abschiebeareal* angelangt sind, ist bereits alles vorbei. Dann braucht man den Müll nur noch ausladen, und die Grubenlok fährt wieder raus."

Ungläubig starrte er in die Richtung des Graumantels, der diese grausamen Details erzählte, als würde er gerade mit einem Kumpel über Motorräder plauschen.

Neben dem Gleis, auf dem ihr Zug stand, erkannte er weiter vorne ein zweites Gleis. Auf diesem war hinter einer alten Grubenlok, Glied für Glied, ein Hunt nach dem anderen aufgereiht. Es handelte es sich um Spezialanfertigungen. Die unteren Hälften waren gewöhnliche Hunte, wie Gustav sie von diversen Schaustollen noch kannte. Darüber befand sich eine Gitterkonstruktion, damit auch im Stollen keiner der Gefangenen fliehen konnte. Wer baut Hunte zu Käfigen um?

Gustav presste seine Wangen an die Gitterstäbe.

„Hallo, hören sie, ich bin hier falsch, ich gehöre nicht in diesen Zug, lassen sie mich bitte hier raus."

Der Graumantel kam ganz nahe an die Gitterstäbe heran, sodass Gustav seinen schlechten Atem riechen konnte.

„Für ein Schwein sprichst du ziemlich gut Deutsch, du hast Recht, es scheint, als wärst du hier falsch. Aber wir haben natürlich erfahren, dass dieses mal wieder ein Schnüffelschwein mit dabei ist, und das wirst wohl du sein. Du wirst also genau so wie alle hier deine Reise noch ein kleines Stückchen fortsetzen."

Hohles Gelächter schallte ihm entgegen, während sich der Graumantel durch die fettigen Haare strich und zu den anderen umdrehte. Trotz seiner Verzweiflung war Gustav entsetzt über sein Handeln. Er hatte tatsächlich versucht, sich einen Vorteil zu verschaffen.

„Hallo ich bin hier falsch, lassen sie mich bitte hier raus. Die anderen sind hier richtig, die dürfen ruhig weiterfahren."

„Ja sie sind hier falsch, das muss ein großes Missverständnis sein. Sie sind ja Österreicher, bitte kommen sie rasch aus dem Waggon."

Und dann? Mitgrölen und mitlachen?

Zusehen, wie alle Asylanten im Stollen verschwinden?

Oder besser doch die Augen schließen?

Nichts gesehen, nichts gehört, nichts gewusst?

„Nein Gustav, du bleibst schön hier, du Schnüffelschwein."

Ein unerwartet schrilles Pfeifen durchbrach seine Gedanken, und alle Graumäntel und Glatzköpfe begannen sich vor den Waggons zu formieren. An ihren Gürteln hingen Pistolen und Knüppel, die sie nun nach und nach in die Hände nahmen. Mit einem kräftigen Ruck wurden die Tore der Viehwaggons heruntergelassen.

„Raus mit euch, ihr stinkenden Viecher, umsteigen, los, los, los, keine Verzögerungen. Jeder findet seinen Platz, ihr müsst hier nur umsteigen."

Heftige Schreie donnerten von allen Seiten auf sie ein. Dichtes Gedränge entstand in den Waggons, denn keiner wollte diese nun verlassen. Nach und nach wurden sie rausgezerrt, schreiend, kreischend, tobend.

Als befände er sich gar nicht mehr in seinem Körper, empfand Gustav diese Szenen von Angst, Panik und Gewalt aus einer seltsamen Ferne. Die Knüppel kamen heftig zur Anwendung und prasselten auf sie nieder. Völlig vergebens schienen die Versuche der Gegenwehr. Einzelne Schüsse brachen aus dem tobenden Getöse heraus. Der Reihe nach wurden sie in die Gitterhunte gezerrt, zitternd, wimmernd und von Schmerzen gequält.

Wo war Gustav? Wie ein Geist schien er in einer anderen Welt zu schweben und konnte sich selbst kaum noch wahrnehmen.

Spürte er Schmerzen?

Spürte er Angst?

Fremde Hände griffen nach seinen Armen, zerrten an ihm, ein Schlag gegen den Oberschenkel, ein Schlag in den Rücken, dann wieder Gezerre. Ein fester Druck gegen den Kopf, und er befand sich in einem der Hunte. Das Gitter wurde über ihm zugeschmettert. Wie beim kräftigen Schlag eines Schmiedes mit dem Hammer auf den Amboss prallte Metall an Metall. Wieder hielt er seine Hände an Gitterstäbe. Wieder war er verwundert über seine spröden Finger. Wieder setzte sich ein Zug ruckartig in Bewegung. Die Grubenlok fuhr los, holprig ratterten die Räder. Hörte er Schreie? Hörte er Verzweiflung?

Das schwarze Nichts des Stollens kam rasch und unaufhaltsam näher. Es umschlang ihn in ungewollter Eile. Schon war er tief eingetaucht. Mit der Dunkelheit kam auch die Kälte und mit der Kälte verfestigte sich eine unheimliche Stille. Hinter ihm befand sich fern ein heller Kreis von Tageslicht, der in seinen zusammengepressten Augen immer kleiner und kleiner wurde. Wo waren die Fenster? Wo war das

Licht? Wo war die Hoffnung dieser Dunkelheit zu entrinnen?

Der kleine verbliebene Lichtkreis drohte bereits zu verschwinden, der letzte Funken Hoffnung, der noch zu ihm vordrang.

In dieser kalten, leeren Finsternis spürte er die Nähe Alfreds, als würde ihn dessen wärmender Atem behutsam einhüllen. Er wusste plötzlich genau, dass ihm sein treuer Freund schon bald die Hand zum Gruße reichen würde. Endlich könnten sie ihre Uneinigkeit beiseite legen, sich der alten Freundschaft besinnen und in stets ergebener Einigkeit über alte Zeiten philosophieren.

Die Luft wurde knapp, er vertiefte seine Atemzüge, doch es veränderte nichts.

Als müsste er sich noch ein letztes Mal umsehen, wandte er seinen Blick in die Richtung des Stolleneinganges. Mit vollster Konzentration und schwindenden Kräften versuchte er ein Bild zu schärfen. In der Ferne des Lichts erkannte er Helene. Ein unscheinbares Lächeln legte sich auf ihr Gesicht, daneben standen die Kinder mit zum Abschied erhobenen Händen.

Seltsam umschwirrende Gedanken,
gleichsam befreiend wie erstickend,
triefend von verwundender Unsicherheit,
erstrecken sie sich ins Dimensionslose
des eigenen Unseins.
Verhüllt von dämmriger Durchschaubarkeit,
der Erhellung Anstrengung zu Nichte gemacht,
verfließen sie in unfassbar geschlossener Genauigkeit.
Dröhnender Lärm erschleicht sich sanft den
unentdeckten Zutritt, zögernd der Verharmlosung
entgegentretend.

XIV

Die Schwalben stürzten im Tiefflug auf eine Heerschar von Mücken und Fliegen, die surrend in der Luft schwirrten und kündigten so den nahenden Regen an. Ihr Schwanz eilte ihnen, in Form der gespaltenen Zunge einer Schlange, hinterher, ohne sie jemals einholen zu können. Akrobatisch vollführten sie ihren Lufttanz, ohne Anzeichen von Unsicherheit oder Absturzgefahr. Die Fliegen flüchteten durch die geöffnete Terrassentür ins Innere des Hauses. Dort tummelten sie sich an den Fensterscheiben. Aus Angst getrieben, schienen sie ihrem Fortpflanzungswahn zu verfallen. Bald wogen sie sich in Sicherheit und wagten vereinzelt die Rückkehr ins Freie, um sogleich von einem weit aufgerissenen Schwalbenschnabel verschlungen zu werden. Traue nie einer Schwalbe, sie könnte die Tarnung einer Schlange sein. Auch die dunkelgrau düsteren Gewitterwolken hatten sich rasch wieder ihrer angekündigten Pflicht entzogen. Zerfallen in immer kleiner werdende Wolkenfetzen ergaben sie sich schließlich dem ungewohnt kräftigen Blau des Spätsommerhimmels. Vereinzelt konnte man noch ihre zerfransten Ausläufer am Horizont erahnen.

Die Sonne gewann an Kraft und gab sie für den Rest des Tages nicht mehr ab.

Hatten sich die Schwalben zu Falschaussagen entschlossen, und die Fliegen opferten sich selbstlos, um das vorgegaukelte Spiel des Unwetters nicht so schnell durchschaubar zu machen? Es muss immer Opfer geben für ein größeres Ganzes, aber worauf wollten die Schwalben hinaus – oder waren es doch die Schlangen. Und welche Rolle spielten die Wolken?

Gustav saß am Boden der Terrasse. Sein Hintern schmerzte bereits aufgrund des harten Untergrunds. Auf seinen Knien lag der Spiralblock mit den karierten Seiten. Er ärgerte sich über seine fast unleserliche Schrift. Ein zarter Wind kam auf.

Mächtig thronte der alte Nussbaum in der Wiese. Es war der einzige Baum auf dem Grundstück. Die Äste schaukelten sanft, sodass sich die Blätter kaum bewegten.

Sein Blick schweifte weiter durch den Garten und fiel auf seine Frau Helene.

Helene lag in einem Sonnenstuhl. Es war eines dieser alten, eigentümlich zu bedienenden Klappdinger, die allzu häufig von einem vor Schmerz schreienden Besitzer in die nächstbeste Ecke geschleudert wurden. Ein eingeklemmter Finger war die Ursache des Schreis. Dann kam dieser Schmerzfingerbesitzer wutentbrannt zurück, bewaffnet mit einer Axt, und bereitete das Material für ein gemütliches Beisammensein an einem lauen Sommerabend am Lagerfeuer vor. Helene aber kannte ihren Liegestuhl genau und es bedurfte ihr nur weniger geschickter Handgriffe, um sich in eine gemütliche Liegeposition zu bringen. Dennoch war es ein seltener Anblick – Helene in ihrem Liegestuhl. Rar waren die Momente, in denen sie sich Ruhe gönnte und ausreichend Muße fand, sich gemütlich einem Sonnenbad hinzugeben. Viel zu sehr war ihr Charakter von Fleiß und Tatendrang geprägt. Tatendrang, der sich rasch in ein forderndes und dennoch behutsames Drängen verwandeln konnte. Helene war eine Frau von Taten, und wenn es notwendig war, drängte sie dazu. Doch heute war ein Sonnentag, ein Sonnenliegestuhltag, ein im Sonnenstuhl liegen Tag.

Ihr schwarz gelocktes Haar hob sich seidig sanft, vom durch die Witterung gebleichten Grau, des Holzliegestuhls ab. Nur bei genauer Beobachtung konnte man die kleine Brise Wind des heutigen Nachmittags an den spielenden Bewegungen der feinen Härchen erkennen, die oberhalb ihrer Stirn den Haaransatz säumten. Schwalben waren keine mehr zu sehen. Kleine Wasserperlen sammelten sich auf ihrem Bauch, ähnlich dem glitzernden Morgentau. Langsam begannen sie als kleines Rinnsal ihren Nabel zu fluten, um von dort mäanderförmig zu beiden Seiten der Bauchdecke hinab zu fließen.

Nichts konnte Helene an solchen Tagen aus der Fassung bringen. Kein Rasenmäherlärm, kein Schreien der Kinder. Seelenruhig lag sie einfach nur da, stundenlang. Es konnte der trügerische Eindruck des Faulenzens entstehen. Doch es war ein Sammeln. Ein Sammeln aus der völligen Leere. Erst wenn die Leere bis in den letzten Winkel ihres gänzlich regungslosen Körpers vorgedrungen war, konnte Helene die ganze Kraft der Sonne in sich aufsammeln um wieder für Monate an scheinbar grenzenloser Energie zu erstarken. So *scheinbar* unscheinbar dieses Schauspiel erschien, so gewaltig war die schier maßlose Kraft die dahinter steckte. Gustav stand vom Terrassenboden auf, legte den Kugelschreiber zur Seite, nahm den Zahnstocher aus seinem Mund und katapultierte ihn gekonnt mit dem Zeigefinger in den Mistkübel.

„Ob das mit dem Zahnstocher schon ein Tick ist", fragte er leise bei sich. „Ich muss es mir unbedingt abgewöhnen."

Er schlenderte über die Wiese zu seiner Frau, küsste sie auf die Stirne, schloss die Augen und genoss den leicht salzigen Geschmack auf seinen Lippen.